MADNAUS

Susy Freitas

MADNAUS

REFORMATÓRIO

Editor:
Marcelo Nocelli

Revisão:
Marcelo Nocelli
Natália Souza

Design, editoração eletrônica e capa:
Karina Tenório

Dados Internacionais de Catalogação na Publicação (CIP)
Bibliotecária Juliana Farias Motta CRB7/5880

Freitas, Susy, 1985-
Madnaus / Susy Freitas. – São Paulo: Reformatório, 2024.
164 p.: il.; 14x21 cm.

ISBN: 978-85-66887-79-2

1. Contos brasileiros. I. Freitas, Susy Elaine da Costa, 1985-.
II. Título.

F866m CDD B869.3

Índice para catálogo sistemático:
1. Contos brasileiros

Editora Reformatório
www.reformatorio.com.br

Para Vó.

Sumário

White tears

Deitada na espreguiçadeira do terraço, eu podia ouvir as crianças brincando perto da escadaria que dá pro Rio Negro. Corinne Marchand cantava "*Sans toi*" em looping lá embaixo, no som da sala. Os pequenos corriam despreocupados com as águas que tomavam a rua em anos de cheias rigorosas como aquele, enquanto gatos bocejantes enfeitavam as bordas da cena insólita. Uma única nuvem lutava contra os raios de sol brancos, que me faziam lacrimejar. A bandeira anarquista abandonada pelo antigo morador serpenteava seu desbotamento no chão.

Produzir LSD não é fácil. Demanda equipamentos específicos, espaço adequado, matéria bruta nada corriqueira e domínio. Isolar a pureza de alcaloides lisérgicos das cravagens temperamentais me parecia quase impossível no começo. Mas eu e Branco tínhamos tudo o que precisávamos naquela casa na Xavier de Mendonça, e ele foi um mestre paciente. Por fim, atingi meu produto ideal em agosto, como bem comprovei ao sentir os primeiros efeitos do quadradinho sob a língua no sol do verão amazônico.

Virei-me para Branco, deitado na espreguiçadeira ao lado. Ele já estava me observando. "O nome será *White Tears*", decretou, enquanto as duas manchas despigmentadas de sua face indígena ascendiam rumo àquela nuvem. Por sorte, o horizonte se curvava, facilitando o encontro. A faixa de "aluga-se", que nunca retiramos da casa, trepidava enquanto os números de contato saiam voando com os pombos. Após várias goladas ininterruptas de suco de maçã, ele completou: "Vai ter o desenho de uma gota branca e o arco-íris ao fundo". O som das águas começava a arder, e o grito das crianças tinha gosto de abacate.

O laboratório já estava montado antes de eu chegar. "Não fazemos perguntas", instruiu Branco em vez de falar "Olá" ou "Bom dia" quando nos conhecemos, o que me fez simpatizar com ele de cara. Como tínhamos a mesma formação, passávamos horas debatendo os processos que levariam às especificidades da *White Tears* e todas as conversas giravam em torno do produto único que deveríamos conceber. Nosso pagamento vinha de um mecenas, o excêntrico Senhor K., o grande fazendeiro. Ele colocava o dinheiro em envelopes rosa choque na caixa de correio, cada um endereçado a um codinome. O meu era Medonha.

"Minha teoria é que o Senhor K. é um psiconauta milionário", balbuciava Branco, às vezes, enquanto trabalhávamos no laboratório. "Essa droga vai para um círculo bem restrito de usuários, uma espécie de confraria de entusiastas psicodélicos, talvez. Não creio nem que será comercializada".

Eu não tinha a mínima curiosidade em saber quem era o Senhor K., nem o que ele fazia com o LSD que produzíamos enquanto tentava atingir a perfeição da *White Tears*. Os estudos sobre o processo de manufatura, dosagens e melhores formas de consumo dependendo do objetivo da viagem se tornaram tanto o meu trabalho quanto o meu entretenimento. Talvez por isso Branco sempre elogiava meu desempenho, pois ele mesmo não era tão aplicado, embora seu domínio na atividade fosse aparente.

Branco me dava leituras e tarefas. Além disso, nunca se abstinha de tirar minhas dúvidas, mesmo que surgissem de madrugada. Primeiro, eu as anotava e passava o papel por debaixo de sua porta; se estivesse acordado, ela era aberta e conversávamos. Depois de um tempo, eu mesma abria a porta do quarto em qualquer horário. Já desperto pelo rangido, ele aguardava minha pergunta sem sair da rede. Por fim, levei sua rede para meu quarto, onde conversávamos sobre drogas alucinógenas até dormirmos.

Os cuidados que tomávamos para não sermos descobertos eram um show à parte. Para os vizinhos, por exemplo, éramos músicos contando com a generosidade de um benfeitor. Branco tinha uma tuba e eu, um violoncelo, e carregávamos os instrumentos para cima e para baixo pelo Centro, por ordem do Senhor K. "Quem não aparece, não é lembrado" era outra das instruções de Branco, repetindo as palavras deixadas por nosso benfeitor num envelope amarelo manga. Também deixávamos música clássica tocando num amplificador ligado na sala para fingir que estávamos ensaiando. A minha trilha era a execução de Yo-Yo Ma para o Suite de Cello No. 6 de Bach. Já Branco escolheu algo mais arrojado, uma sonata para flauta de Rudolf Escher, do final dos anos 1940.

A casa, que preenchia as redondezas de música, tinha um corpo longo, antigo e ventilado, assemelhando-se a um barco de recreio. Sua pele de azulejos laranja e padrões traçados em marrom lembrava um caleidoscópio gigante. O pátio tinha pedras importadas com o mesmo desenho. Minha parte favorita era o banheiro da suíte, que Branco cedeu quando me mudei. Era, do chão ao teto, revestido de azulejos rosa, incluindo a banheira. O descanso acontecia no terraço, de onde decidimos que não tiraríamos a bandeira. "*Aywã pituna*[1]", dizia Branco no que restara de sua língua. Ali admirávamos o braço de rio pútrido e o pôr do sol absurdo ao final do expediente tomando cervejas.

---

1. "Logo vem a noite".

"Quando eu era pequeno, lá no interior, não gostava de tomar banho", me disse Branco, assim, do nada, as pupilas dos olhos negros quase imperceptíveis em sua dilatação. "Daí essas manchas apareceram e os moleques da escola começaram a me chamar de Pano Branco. Diziam que eu era porco, por isso tinha fungos na cara, essas coisas. Só depois que diagnosticaram o vitiligo. Mas o apelido ficou. Idiota, né?".

O efeito da *White Tears* era potente. Digo isso porque ao mesmo tempo em que Branco contava essa história, sua boca não se movia, mas eu escutei tudo e ficamos rindo. Foi uma intimidade nova. Nunca conversávamos sobre nada além de como fazer LSD, com que cravagem ele já trabalhara, como lidar com a fragilidade das moléculas em situações tão adversas de produção ou se já esteve em grandes laboratórios.

"O Senhor K. tem um senso de humor ácido", rebati, ainda entre as risadas geradas pela origem do codinome Branco. "Ácido, entendeu? Ácido?".

"Ácido", ele repetiu. "O seu veio de onde?".

"Meu senso de humor?".

"O codinome. Esse Medonha aí".

"Ah, era um negócio que uma amiga falava", respondi, escondendo os dentes. As curtas lágrimas de mais cedo se tornaram cascas em meu rosto, mas meu entorno escureceu com a lembrança, como que sob o efeito de um filtro. "Eu gostava muito dela. Era senhora já. Dizem que ela virou a mendiga doida dos gatos, lá pros lados da Torquato Tapajós. Deve ter morrido faz tempo".

"Deixa entrar e sair", alertou Branco, apontando um dedo para a cabeça com uma mão e me estendendo a garrafa de suco com a outra. "Toma, bebe. Se hidrata". Mas novas lágrimas recobriram as ressecadas.

"Vamo pro mundo rosa!", ele então decretou, babando perdigotos de maçã e me puxando da espreguiçadeira para o banheiro da suíte. Corinne Marchand berrava nos alto-falantes: "*Et si tu viens trop tard / On m'aura mise en terre / Seule, laide et livide / Sans toi, sans toi*[2]". Como ele sabia que eu chamava o banheiro de mundo rosa?

A banheira pareceu ter enchido em segundos e Branco me afundou nela com cuidado. Bolhas de chita se formavam do meu vestido florido sorvendo a água, enquanto o choro submergia até o desaparecimento. A luz refletida dos azulejos rosa transformou seus cabelos desgrenhados numa flor de jambo, e a flor se sentou de frente para mim na banheira, ainda vestida. Os dedos do vento entravam pela janelinha e acariciavam nossas cabeças como se fôssemos crianças por horas, acho. Eu podia vê-lo assim, menino, correndo rumo a águas revoltas em São Gabriel da Cachoeira até esmaecer entre

2. "E se você chegar tarde demais / serei enterrado / sozinho, feio e lívido / Sem você, sem você".

as correntes da morte com um sorriso. Já eu ficaria escorada num balcão, esfregando as rodinhas só de um dos patins para frente e para trás.

"Agora que você tá pronta, o Senhor K. deve te mandar pra outra cidade", disse Branco, olhando as gotas pulsantes sob a torneira da pia. "Provavelmente pra treinar outro novato".

"Como assim?", retruquei. "Eu mal consegui produzir a *White Tears*".

"Você tá pronta há meses", ele explicou. "Eu só queria te dar um teste final. Criar tua assinatura".

Lidar com mudanças nunca foi o forte de pessoas como eu. Os rituais, por mais discretos que fossem, ainda me conduziam tanto quanto na infância. Uma vez estabelecida a rotina na Xavier de Mendonça, o silêncio de Branco se tornou parte da minha paz. Prova disso era o toque de suas canelas nas minhas dentro da banheira, um contato que não me gerava incômodo algum quando mal conseguia disfarçar a irritação com o mais breve cumprimento vindo de qualquer outra pessoa. Riscos roxos escorreram dos meus olhos, e dos dele também.

Os azulejos cozinhavam nas paredes que insistiam em reter o calor. Chorando, Branco atravessou as solas dos meus pés com as mãos, ou pelo menos foi o que senti. A massagem durou algum tempo, até que ele abraçou minhas panturrilhas e ficamos assim, imóveis, sem nada a dizer. Com a proximidade do pôr do sol, enfim nos levantamos, decididos a não revelar o segredo da *White Tears* e continuarmos o trabalho de sempre, juntos.

"*Tupã uiku paranã upé*[3]", ele disse. "Vamos".

E saímos correndo até o final da Xavier de Mendonça, rumo ao rio.

3. "Deus está no rio".

Manaus, cidade branca

Julia corre no areal em direção à mata. Ela sabe que corre mais pelos músculos do que pelo pensar zonzo do mormaço. E no balanço do corpo, seu destino arde e chacoalha. Arde e chacoalha. Arde e chacoalha.

O sol, é impossível ver. Um calor certeiro, que seu corpo não consegue ignorar, resseca a planta de seus pés descalços ou derrete raias pelos olhos, tamanha a claridade. E no meio das raias, longe e grande, o verde, uma chance de escuridão. Não é fácil correr. A areia exige demais, dá ao corpo um peso e um prumo que não são seus. Dá e tira, passo a passo. Além disso, o sol despeja uma certa confusão, que a pressa absorve e repassa para a vista em frangalhos.

Perto da mata, Julia agora precisa andar. A respiração ofegante, os pulmões em busca de uma umidade outrora existente nas sombras projetadas pelas folhas. Ela fecha os olhos, imagina que inspira o verde e expira o cinza, como a professora ensinou nos minutos finais da última aula, quando Julia pensou nas árvores entrando pelo seu nariz, descendo pela faringe, laringe, traqueia, brônquios. O rosto de ladinho, o desenho na apostila de Biologia.

Mas agora as cores não têm senso de direção: Julia inspira o cinza, depois mais cinza, depois mais um pouco, e nada sai de seus pulmões. O vento bate, pesa quente como um tapa, folhas secas cobrem as mechas rosa de seu cabelo e o chão inteiro começa a ruir. Ela cai e a queda engole tudo em silêncio. A terra marrom fica ocre e puxa para si a areia branca, que escorre como farelos de beiju. Não há grito, apenas quentura.

O despertador toca, Julia acorda sem ar. A luz da manhã entra pela porta do banheiro no corredor, a qual ela consegue ver de sua cama porque a mãe a proibiu de fechar a porta do quarto. Assim a fumaça sufoca menos quando entra den'de casa, explicou. E é com a forma da fumaça que os raios de sol gingam e se alastram aos poucos pelo apartamento. Zonza, a menina tateia a tela do celular para interromper o hit coreano programado para acordá-la.

Como o ar-condicionado resfria, se muito, metade da cama, Julia começa o dia com o tronco molhado de suor. Ela se enxuga com o próprio lençol, fininho, de flores. O pano rasga, ela nem liga. Ainda deitada, estende o braço até a corda da persiana, e ao abri-la, a luz que entra pela janela é pouco acolhedora. O movimento lerdo e irregular revela o céu branco de fumaça por trás do vidro, silhuetas difusas do bloco de apartamentos vizinho e uns poucos contornos de personagens na decadente praça de alimentação do outro lado da rua.

Na praça, Seu Antônio sobe a porta da vendinha, que parece pesar uma tonelada. O som metálico começa e para três vezes até que cessa, indicando o início dos trabalhos. Jairo, seu filho, ganha uma forma mais ampla, provavelmente erguendo os braços até o rosto para ajustar a máscara, levando em seguida uma mesa para o lado de fora. Lentamente, cores desbotadas pela fumaça transformam a mesa em uma banquinha de café da manhã.

A janela do quarto deve permanecer fechada, e por isso Julia apenas imagina o cheiro e as cores do x-caboquinho e café com leite, tons de laranja vivo contra o bege salpicado de marrom do queijo coalho tostado, o sal do alimento contra os resquícios de açúcar no fundo do copo plástico. Mas mesmo que ela abrisse a janela, o cheiro de tudo seria um só, o mesmo de dentro de casa, de seu lençol rasgado, da corda da persiana, de suas roupas. Por isso ela busca o perfume do café da manhã nas lembranças da Estação Sem Fumaça. Tenta ainda esticar o pescoço e tenta ver se dessa vez eles prepararam bola de sardinha. Aperta os olhos, concentra-se, mas é difícil distinguir qualquer coisa em meio ao branco da fumaça. Do que ela mais sente falta é do cheiro do presunto esturricado na chapa. Um misto de sebo e manteiga velha que enchia a praça de rosa para anunciar que a vida continua.

Dentre raias e flashes cada vez mais brilhantes nos olhos, Julia observa Dona Helena arrastar as últimas cadeiras para dentro do bar, no quiosque ao lado. Ela para e anda, talvez balance a cabeça para tentar, com o movimento, ajustar uma mecha de cabelo para trás da orelha sem usar as mãos, e apenas um estalo alto anuncia uma das pedras do calçamento da praça soltando em seu pequeno trajeto.

Um grupo de coroas fala alto na porta do quiosque, conta o troco e alguns alternam entre enfiar a fuça nas máscaras acopladas a seus cilindros de oxigênio e dar goladas na última long neck. Pão Mofado e sua turma, Julia reconhece só pelas vozes. Encerram uma noitada pós-jogo do Manaus FC. Uma vitória retumbante e o sonho da série B virando realidade. Três jogadores... do time adversário... foram parar no hospital... depois do jogo, comenta Pão Mofado, enquanto o Cabelo de Boneca Velha decreta: isso é coisa... de fresco. Eles, como outros do bando, não carregam cilindros de oxigênio, o ar entra cada vez mais difícil no corpo. Esquecem que nossos jogadores estão melhor adaptados à fumaça, mas não os de times de fora. Dona Helena puxa as últimas cadeiras imundas com uma mão e o seu mini cilindro surrado com a outra no meio da conversa.

Quando criança, Julia tinha uma brincadeira: esperava a Estação da Fumaça acabar para estudar as marcas deixadas pelas rodinhas dos cilindros na praça. Ela pegava suas barbies, abria seus braços flexíveis e fingia que elas eram aviões. Ficava ali, taxiando as bonecas como se estivessem num labirinto de pistas de pousos e decolagens. Anos depois, restou apenas o rangido da rodinha do cilindro da Dona Helena, que acorda Julia de manhã cedo aos domingos. Isso ou a vinheta do Auto Esporte. Mas hoje é sábado, e ela tem outros planos.

Julia levanta da cama e topa com o mindinho na quina da cômoda. O dedo lateja, mas seu corpo é incapaz de qualquer grande reação. É sempre assim quando a fumaça passa de oitocentos no aplicativo que informa a qualidade do ar. Só pela tontura, ela sabe que o dia começou mais ou menos por aí. Os principais efeitos da inalação contínua de fumaça são olhos secos, garganta irritada, falta de ar, dores de cabeça e confusão mental - *ao sentir algum desses sintomas, procure atendimento médico*, diz o letreiro branco na tela pela enésima vez, assim, só com vírgulas, ao iniciar o aplicativo. Depois uns anúncios de trinta segundos, porque essa não é a versão paga. Qualidade do ar no bairro Chapada: novecentos e doze.

Depois do banho, Julia se veste com pressa. Tem a esperança de que resquícios da água permaneçam mais tempo em seu corpo, abafados pelo moletom preto que ela insiste em usar apesar da sensação térmica de quarenta graus. Enxugando apenas os olhos, ela baixa um pouco as pálpebras rasgadas e puxa um traço negro com o rímel, enquanto cantarola uma mescla de canções de k-pop. O olhar fixo no espelho gera uma lágrima salgada, que mal consegue chegar na boca. Ali, envolta por uma camada de fumaça quase imperceptível, ela sonha com o dia em que seu rosto moreno e cheio de espinhas será liso e branco como o de uma *idol*. Um dia que ela duvida que chegará, mas que, em sua mente, enxerga com mais detalhes que o outro lado da rua.

Franjão rosa para fora do capuz, Julia acena com a cabeça para o pai, que permanece inerte no sofá. Ela já desistiu de pedir para ele comprar um cilindro de oxigênio. Desde que a Estação da Fumaça se tornou regular, especialistas alertam sobre os riscos da não utilização das máscaras e dos suportes respiratórios, mas seu pai sempre achou isso um absurdo. Eles só querem... é botar mordaça no povo, bando de filho... filho da puta! E assim ela se acostumou a ver, ano após ano, seu pai perder peso ou ter as crises de asma agravadas nessa época. Depois do último check-up obrigatório da firma, ele deixou escapar que seu pulmão parece o de um fumante de 65 anos. Ele não fuma, e tem 51.

Julia coloca a máscara. Atrás dela, seu pequeno cilindro rosa choque, que ela mesma pintou com spray. Ainda não percebe que o alívio do oxigênio é falso como o do ar-condicionado, mas isso ficará claro assim que colocar os pés para fora do apartamento. Antes disso, desliga a tevê e, como sempre, o pai acorda só para dizer: eu... tava assistindo. Despenca em seguida, embalado pelo torpor que a fumaça dá aos desprotegidos. A barriga subindo e descendo, subindo e descendo, o mindinho próximo ao umbigo, um suicida à beira do precipício. E assim Julia parte, consumida pelo branco no hall do segundo andar.

Nick, a stripper

A barra metálica do *pole* desce do teto ao chão. Sob as luzes pulsantes do clube vazio, ela é como um raio que atravessa os céus, brilhando o roxo, o rosa, o verde e o arco-íris entre elas. Seu rastro, porém, é o cinza sólido para onde estendo meus dedos, pronta para registrar ali, junto a incontáveis digitais, minha existência. Não é pra ser uma dança. Estou sendo fichada.

No meio do salão, o Patron sofre para sustentar seu peso na cadeira de plástico. Sua em bicas, um eterno estranho ao verão de Manaus. Divide a vista entre o celular e a indígena de madeixas ruivas e pouco mais de quatorze anos em seu colo. Ela rói a tampa de uma bic, que também faz vezes de pirulito. A senhora da limpeza testemunha nossa troca de olhares de caubói, alheia a qualquer tormento.

"Me mostra o que tu sabe fazer... Nicole", diz o Patron, uma pausa entre o decreto e o meu nome falso despontando dos lábios da indígena direto para o pé de seu ouvido.

"Mostra e o emprego é teu". Os lábios da menina retornam borrados ao rosto, o batom rosa choque lhe colorindo a fenda entre os dentes. Olhamo-nos, reconhecendo no rasgo de nossos olhos e na pele morena e lisa algo de nossas raízes, algo tomado por homens como o Patron. Homens de quem agora tentamos tirar cada centavo.

Vim à caráter. E de uma por uma, ajusto as tiras de couro falso e o encaixe de suas dobras nas argolas metálicas que atravessam meu corpo inteiro. Elas cobrem meus roxos nas coxas e nas panturrilhas, ocultando as marcas do treino no *pole* e revelando os bicos dos seios, as carnes dos grandes lábios e as bandas da bunda. Quando termino de ajustá-las, a senhora da limpeza enfim para um segundo. Segura a vassoura com apenas uma mão e, com a outra, leva o indicador e o polegar à altura da boca, que se abre quase sem dentes. Expande a distância entre os dedos, como quem diz "sorria". Fecho a cara, passo as mãos nos cabelos para me certificar de que fiquem embaraçados e felpudos como um poodle do mal, e as pontas quebradas batem no meio de minhas costas feito chicotes, um lembrete de minha posição servil que está prestes a mudar.

Faço um sinal e a menina aperta o play.

Ruge primeiro um acorde de guitarra como que de um filme de faroeste. Depois, a base do baixo ansioso. Em seguida, o grito do sax. Uma voz rouca então ofega por todo o espaço: *insect, incest!* É a deixa. Seguro o frio metálico da barra com firmeza, ao ponto de meus braços e ela começarem o processo de fusão. Tornamo-nos uma na inércia que parimos juntas, eu e ela, enquanto ensaio um primeiro giro, ainda com os pés no chão. Caminho em seu entorno com passos de tango, até que o impulso certo me descola do solo e pedalo no ar.

Agora, a vista do clube é como o carrossel de um pesadelo. O Patron, a menina e a faxineira passam girando pelos meus olhos e logo se tornam outra coisa, uma coisa de cabeça pra baixo, graças à complexa invertida que faço. Eles parecem presos ao teto e se assemelham a moscas: são gosmentos, suados, refletindo suas cores de inseto e esfregando as patinhas a cada aplauso entusiasmado. A vassoura de um lado para o outro adiciona uma dinâmica de batida de asas, um quadro de Giacomo Balla no livro da escola.

Eu desço, escorro as coxas para trás com o tronco bem firme à barra. *Insect, incest!* É sempre a deixa. Quando meus pés tocam o chão novamente, meus braços sobem e me torno uma estrela de cinco pontas na escuridão colorida do palco, o *pole* logo atrás, empalando minha silhueta não mais pequenina. Alongo-me e minhas canelas se empalidecem num estalo de dedos. O movimento me cobre de gelo seco, e sinto os portais do inferno se abrindo logo atrás de mim. O fogo, o calor, a certeza de um submundo prestes a consumir os pecadores em expiação eterna.

Nick, the stripper, a-hideous to the eye, decreta o amplificador! É só o tempo de a canção repetir o verso para que um novo impulso me parta das pernas e dos braços, e quando ele começa a esbravejar *Well he's a fat little insect!*, já sou outra coisa: uma coisa moeda, cara ou coroa, girando rápido demais, forte demais, cheia de ódio e vigor. O horizonte se encurta, colapsa, e logo a menina, a faxineira e o Patron são engolidos para dentro do meu mundo. Um mundo liso, inflamável, de listas e chamas bruxuleantes: um picadeiro. E eu giro sob a lona do meu picadeiro, a barra cada vez mais quente, as mãos, mais vermelhas, nada além da palavra Inferno sobre meu torso nu, liso, branco, suspenso por um jeans preto em frangalhos e botas de caubói, que agora sustentam meu novo corpo, o de um homem pálido e tísico. Boto os pés no chão e admiro o olhar do trio, embasbacado por minha transformação.

Entram os condenados, ou melhor, saímos todos pela fenda que se abre entre as listras tingidas na lona do picadeiro. Lá fora, misturamo-nos a uma multidão de pecadores, banhados todos pela mesma luz, de uma fogueira gigante. Músicos continuam a tocar a mesma música com suas guitarras, baixos e tambores em procissão, e a trilha sonora para o fim do mundo é tão alta que é como se estivessem ligados a uma potente caixa de som, embora nenhuma esteja à vista. A procissão agora caminha em círculos, atordoada, o Patron cada vez mais arfante por carregar o peso de suas dobras transbordantes de suor e lágrimas. A faxineira, logo atrás, se benze três vezes, apavorada perante a visão da tatuagem nas costas dele através da camisa, que não para de se mexer: *Livrai-me de todo o mal, amém.*

Roxo, já quase sem ar, o Patron arranca de vez a camisa, revelando ainda o cordão de ouro com uma Estrela de David sobre o esterno, sua última esperança. No primeiro encontro dela com a luz do fogo, a estrela derrete e escorre até o chão, abrindo um rombo que lhe queima o corpo como ácido. É quando ele começa a correr, correr, correr, para onde? De encontro a uma escuridão sem bordas, sólida. Sinto a mão da menina enrodilhando meus dedos. Ela rói a tampa da bic sem grande interesse, como se já tivesse visto as portas do inferno se abrirem por muitas vidas.

"Você demorou", diz a menina.

"Apenas se você acredita no tempo", respondo, com uma voz grave e sotaque australiano.

E rimos.

Medonha

Se você realmente quer saber como comecei no mundo do crime, terei que contar que *medonho* é uma palavra que aprendi com a Dona Liliosa. Nunca fui de muita conversa, então quando ia de patins comprar picolé no bazar dela, ficávamos pelo balcão conversando enquanto as outras crianças brincavam de barra bandeira. Se um moleque era descongelado pelo parceiro e saia correndo para capturar a bandeira em tempo recorde, ou se outro gritasse para liderar sua equipe, ela levantaria as sobrancelhas e sussurraria "Mas que menino medonho!" como se contasse um segredo que, dito em voz alta, traria consequências incalculáveis e irreversíveis.

Escorada no balcão, eu esfregava as rodinhas de um dos patins pra frente e pra trás, tentando imaginar o que *medonho* queria dizer. A Dona Liliosa não falava como se a palavra fosse algo ruim. Ela nunca falaria *medonho*, por exemplo, para a história do Seu Antônio e como ele se enforcou em casa, na rua de trás. Ou sobre como o filho dele nunca mais jogou bola com os meninos do bairro depois disso. Ele ouvia o barulho da bola, aquele baque seco de pé e ar, e fechava as janelas. Eu estudei com o Antônio — o filho, não o pai — e pensava muito sobre como deveria ser ter um pai suicida. Medonho não era, disso eu tinha certeza.

Naquela época eu já tomava uns remédios para a cabeça e me saia bem em disfarçar isso. Claro, sempre tinham umas situações comuns para as outras crianças, mas delicadas para mim, como a hipersensibilidade a sons e cheiros, uma ou outra crise, as coisas que eu entendia sempre literalmente e tudo o mais. Mas no bazar da Dona Liliosa eu não precisava me concentrar para fazer as coisas como os adultos queriam. Podia atender clientes com a cara encostada no ventilador, falando com a voz filtrada pelo vento como se fosse um robô, separar as balas por cor ou tamanho, enfim, me entregar a quaisquer rituais que me viessem à cabeça.

Ela não dava a mínima. Talvez por já ser meio gagá ou porque os parentes raramente apareciam ali pelo Petrópolis, a Dona Liliosa não parecia ligar muito para o que era ou não aceitável no meu comportamento. Nunca quebrei nada no bazar, e isso parecia bom o suficiente para ela. Deve ser por isso que ela alimentava algumas das minhas manias, como o mapeamento dos gatos da rua.

Começamos com as gatas do Seu Roberto, o cabeleireiro. Ele tinha duas siamesas idênticas, a Safira e a

Rubi. Como a Dona Liliosa tinha algum problema na dentadura que a atrapalhava de pronunciar certas palavras direito, ela as chamava de "as duas Safiras". Acabei pegando a mania. Todo dia depois da aula, eu ia de patins para o bazar. Comprava um picolé de goiaba e dávamos início à conferência:

"A Safira é a que tem a coleira amarela, o Roberto me garantiu quando veio comprar vela ontem. A Outra Safira veste uma rosa". Esse definitivamente era um ponto chave da coleta de dados.

"Safira: coleira rosa. Outra Safira: coleira amarela", li em voz alta, repetindo o que escrevia no caderno. O desenho de um gato feito com lápis de cor, ganhava uma coleirinha rosa choque, forçada com pincel atômico. Com isso, pude separar duas colunas com as atividades de cada uma nas redondezas. A Safira, por exemplo, limitava-se a subir no muro do salão de beleza por volta das cinco, quando o sol já estava ameno. Ela odiava sol forte. Passava uma meia hora lá, cumprimentando outros gatos que eventualmente passassem por ali. Era tão sociável que poderia ser confundida com um cachorro. Já a Outra Safira preferia as escadas, dedicando a tarde a subir e descer, do salão para a casa de Roberto, que ficava no andar superior. Também tinha um pavor descomunal de borboletas, ao passo que moscas e gafanhotos eram suas opções de caça e tortura favoritas.

A nêmesis da Safira era a Liza Minelli, a gata mais enigmática da rua. A mãe da Liza era uma persa cinzenta, a Leslie, que, nas palavras da Dona Sebastiana, "foi deflorada pelo gato galeroso do Éter". Éter era o apelido do filho do Seu Evandro, um viciado que vivia de pular os muros dos vizinhos para roubar qualquer quinquilharia que pudesse gerar uns trocados para comprar droga. Mas como todos já o conheciam, iam direto na serralheria do Seu Evandro, onde o velho mantinha um verdadeiro Achados & Perdidos dos furtos do filho. O gato do Éter, que nós também chamávamos de Éter, não era zoado como o dono. Tinha o pelo preto brilhante, igual ao da Liza, com a diferença de que o dela era longo.

Eu nunca consegui ver a Liza Minelli. Ela só aparecia quando já era noite e eu não podia ficar na rua. Tudo o que eu sabia sobre ela vinha dos relatos de Dona Liliosa. "A Liza Minelli passou por aqui. Veio pelo muro, mas a Safira não encarou a bronca. A Outra Safira até se escondeu quando a viu". Esse era o tipo de causo que envolvia a bichana preta. Ela tinha uma vida difícil, era negligenciada pelos donos e, apesar de sua beleza, a ausência de carinho a endurecera. "A Liza Minelli deitou no meio da rua ontem, bem na frente da garagem do Seu Otávio. Tu pensa que ela se levantou? Aquela gata é medonha!". E eu ia anotando tudo no caderno, imaginando-a nas ruas madrugada adentro, conhecendo um Petrópolis sobre o qual eu só ouvia os sussurros através da janela do quarto quando ia dormir.

O motivo da discórdia entre a Safira e a Liza Minelli era o Van Damme. Era um gato branco muito arisco, cujas principais ocupações eram estourar sacos de lixo, subir nas bancas de peixe da Rua Paraguassu sem ser anunciado e emprenhar o máximo de gatas do bairro. Sua fama de *bad boy* corria o conjunto. Ele também tinha heterocromia, o que lhe dava um charme adicional, juntamente com o fato de que, por mais selvagem que fosse, seus pelos estavam sempre impecavelmente alvos. Por conta de tudo isso, era natural que Safira e Liza disputassem sua atenção. A primeira tinha ampla vantagem, com seu pelo bem tratado e jovialidade amigável.

"Reza a lenda que a Liza Minelli já teve filho com o Van Damme, mas comeu os gatinhos", murmurava Dona Liliosa. "Quem sabe ela pense em refazer a família. Sozinha a gente faz tudo, minha filha, mas tem horas que a solidão dói". Ela ficou muito quieta após essas reflexões. Só depois de muito tempo eu fui saber que o marido da Dona Liliosa a abandonou grávida, partindo com outra mulher mais jovem. Humilhada e ressentida, ela fugiu de Lábrea para Manaus e nunca mais voltou.

"Deve ter alguma forma do Van Damme perceber que a Liza Minelli realmente gosta dele", interrompi. "Que é o jeito dela ser assim, braba". Uma lágrima muda desceu dos olhos da Dona Liliosa, os vãos das rugas tornando o líquido cada vez mais disforme na pele. Nunca imaginei que alguém pudesse ficar tão triste por causa de uma história de amor. Eu precisava fazer alguma coisa. Então, no dia seguinte, abri o depósito do meu pai e peguei a espingarda de ar comprimido. Por sorte, o Éter não a surrupiou numa de suas incursões em nosso quintal, assim como os chumbinhos que viriam a vitimar a Outra Safira. Mas quis o acaso que eu confundisse a cor das coleirinhas.

Feita mulher

Há quanto tempo você é bruxa? Por que se tornou bruxa? Como foi que se fez bruxa e o que aconteceu nessa ocasião? Era assim que a Inquisição nos interrogava. Sem sutileza, o que prova que os algozes eram homens. Não que nunca sejam sutis, nem que não caiba em suas barbas e mãos fortes alguma finesse. É porque eles simplesmente podem. Porque não interessa a um homem saber o que é uma mulher, e sim de que forma o é. Essa é a diferença. Então, não é que você se torna mulher; é que te fazem uma. Mesmo assim, nunca te perguntam: há quanto tempo você é mulher? Por que se tornou mulher? Como foi que se fez mulher e o que aconteceu nessa ocasião?

Pedro segurou o meu pulso. Firme. Pode-se dizer que foi assim que ele me fez mulher. Porque antes disso eu era um bloco sólido de carnes, curvas, longas tranças pendendo da cabeça e um frasquinho de gloss esquecido na bolsa, andando para lá e para cá, da casa pro trabalho, do trabalho pra casa, a casa dele, que eu cuidava enquanto ele buscava na rua e nas outras as suas prioridades. Dois anos de aliança no dedo, a marca alienígena sob minha pele cabocla, como se fizesse parte de mim. Mas é claro que é apenas impressão, que você não precisa acreditar nela, é apenas um feitiço que os dias desmancham como eu desfazia as minhas tranças de tempos em tempos, numa busca estúpida por outro rosto em mim.

E quando ele segurou meu pulso, firme, lembre-se, bem firme, isso é importante, do tipo que você se pega perguntando se tal firmeza é a proporção de seu amor se recusando que eu vá embora e largue aquela merda toda de vez, a firmeza que busca, através da força, comprovar seus argumentos ou se é feita de algo primitivo que não comunica, indiferente ao ruído inenarrável entre nossos corações, se novas marcas farão parte de mim agora, e quando ele segurou meu pulso, permita-me retomar esse pensamento, eu percebi ali que eu sou uma mulher. Por quê? Porque minha vida inteira seria definida pelo que ele decidisse fazer. Se a dureza daqueles dedos enrodilhando meu braço se seguiria uma porta trancada, um tapa no rosto, a bolsa jogada longe no chão. Se eu ia gostar disso. *He hit me and it felt like a kiss*, como diz a música. Ou se eu extrapolaria o gostar disso ao ponto de não gostar mais. *Cê vai se arrepender de levantar a mão pra mim*, diz outra.

E talvez gritos, a blusa de alcinha quase caindo do ombro na correria, os rostos das vizinhas da vila traçadas pelo padrão do vidro de suas janelas, apavoradas com os urros e batidas secas contra a minha carne. E dois ou três maridos gordos, de cueca samba canção, quentes ainda de suas camas e roncos, numa corrida lenta de quem realmente não tem muito interesse em dar um fim naquilo ali, até que fosse tarde demais. Seria assim que eles nunca mais não me veriam como uma mulher. Por saberem que a essa vez poderão se seguir outras, que é assim o mundo dos homens. Mas nada acontece. Não. Nunca, acima de tudo, nunca constate um problema. É a única chance de manter o segredo de ser mulher seguro.

Em vez disso, apenas vi Pedro finalmente como o homem que era: não o meu, com quem dividi o quitinete, de quem recolhi os farelos de pão do sofá, nem de quem cobri as costas noite após noite com um lençol fininho, pra que edredon, nesse calor?, ele dizia, enquanto eu me enroscava em meu bunker de cobertas, segura, sim, se-gu-ra, eu podia jurar. Não, aquele era enfim um homem, o homem dentro de todos os homens, minha potencial aniquilação, que pouco tinha a ver com seu corpo compacto, saudável, com seu nariz perfeito ou seus cachinhos negros e gordurosos cobrindo as orelhas quase grandes demais. Até então, ele não tinha a forma dos homens. Agora tem. E eu a minha, de mulher, moldada por seus dedos no meu pulso, alimentando a minha imobilidade.

E quer saber? Eu pude ver que, tal como constatei minha transmutação, ele também se viu naquilo que meus olhos encaravam. As pupilas. Foram elas que o denunciaram. Suas pupilas amplas, num misto de fúria e felicidade, por ver-se homem e assim o ser. Sua força e peso, é disso que ele se viu acoplado a mim pelo braço, uma forma tão pura de vontade que seria fácil esmagar meus miolos contra a parede num único golpe. E por puro capricho, ele virou o rosto, virou para não ver a si mesmo. Largou meu braço, e seu medo de ser homem falou com o meu, de ser mulher, essa foi a nossa última conversa. É dessa substância que te fazem mulher: a certeza de que qualquer um deles pode. O quê? O que couber nos dedos.

Os homens já não te protegem mais

Não consigo lembrar o nome da praça. Os pergolados têm flores secas, com bases de concreto lodentas e pichadas. A assepsia de uns anos atrás garantiu novas trilhas e a retirada completa dos drogados na área por um tempo, mas agora tudo começa a se parecer com as lembranças do local nos anos noventa. Não que eu tenha lembranças próprias. Eu era pequena na época em que a praça abrigava um parquinho improvisado, com carros de bater e outros brinquedos indutores de vômito sabor salgadinho, tudo em condições precárias. O lixo acumulava nas bordas das calçadas como os culotes nos meus quadris, e um cheiro de urina muito forte era constante, assim como o de manteiga velha, oriunda dos pipoqueiros. Era o cheiro do Centro. Nada disso importa para uma criança, mas estava ali, pairando como a ameaça de um fantasma, de um tarado, da morte de maneira geral, assentada nos fios desencapados recobertos por refrigerante seco, estrada de formigas.

Minha mãe sempre contava sobre os passeios de meu irmão na praça. Ele corria entre as atrações, ele tinha um cavalinho preferido, ele está nas fotos, é tudo verdade. Eu não tenho fotos de quando era pequena. Talvez eu nunca tenha realmente ido ali e só a conheça pelos fragmentos pregados no álbum vermelho, que ficava guardado no armário da sala de estar da vovó, na José Paranaguá. Quando meus pais brigavam, mamãe levava nós dois e algum hematoma para lá. Eu tinha quatro ou cinco anos, então só o que restou da vovó é essa imagem mental de um longo corredor de casa antiga do Centro, o roxo numa das têmporas da mamãe, o sorriso adolescente do meu irmão, suas esperanças, e as fotos do álbum vermelho. Nele, meus pequenos recortes jamais existiram. Agora é o meu irmão que não existe mais.

Isso me faz lembrar o Nirvana em preto e branco, na frente do letreiro de Jenny Holzer. Kurt e sua pequena cintura de viciado. Chris, másculo e distraído. Dave, em troça, parece cheio de vida. Meu irmão era apaixonado pelo Dave, dizia. Quando papai bateu nele pra valer pela primeira vez, ele usava uma camiseta do Nirvana, e quando papai morreu, meu irmão usou a mesma camiseta no enterro. Estava puída, cheia de furos, era 1999. Como uma camiseta preta conseguia ter uma estampa tão brega? Havia um Kurt laranja, fazendo um *riff* simplório na guitarra, um Kurt preto e branco, com um rosto estranhamente redondo e olheiras negras, em alto contraste, e um logo em nada similar com o original da banda.

Meu irmão não chorou quando papai morreu. Ainda que a diabetes tenha sido sua constante, ele bateu as botas bem rápido. Foi a pinga, eu acho. Eu tinha medo do papai, mas olhava as pessoas chorando e as lágrimas vinham com sinceridade, mesmo achando que ele nunca gostou de mim. Meu irmão disse que papai tinha certeza de que eu não era sua filha legítima. Eu não sabia o que isso queria dizer, e talvez por isso sua ira se destinasse sempre aos demais membros da família. Mamãe e aqueles roxos sobre os quais ninguém nunca falava. Meu irmão e as surras para deixar de ser viado.

Sempre fui uma boa garota: não deixava comida sobrando no prato, tirava sete e meio em matemática, ficava quieta no banco de trás quando andávamos de carro, nunca pedia doces na fila do supermercado. Para todos os efeitos, eu quase não existia. A única história que mamãe contava sobre mim foi quando mordi um garoto que bateu no meu irmão na rua. Era só nesse momento que ela parecia sentir algo por mim. Parecia orgulhosa, mas em segredo. A verdade é que acho que nunca gostei do papai também, e ele morreu antes que eu tivesse alguma preocupação real sobre isso. Quanto à mamãe, eu até poderia odiá-la, se não sentisse mais pena dela por ter que cuidar do meu irmão quando ele começou a se desintegrar.

Atravesso a praça, sento no bar. Horrível ser mulher e se sentar sozinha nesse lugar, mas Juan deve chegar em breve. Ele não costuma atrasar, não importa com quanto desprezo fale comigo. Eu imagino suas pernas longas e finas a caminho, com uma extremidade enfiada nas botas e, na outra ponta, a coluna eretíssima, de costelas quase à mostra. Nos seus últimos dias, meu irmão estava obeso como um *daschund* velho, por causa dos remédios controlados. Ele também andava como um *daschund* velho, bem calmo e cansado, olhos opacos. Parecia ter sessenta anos, mas tinha quarenta e dois.

Cheguei à conclusão de que era mais fácil deixá-lo vagar por aí. Ele conseguia voltar para casa, ainda que demorasse alguns dias, e só ficava agressivo se fosse mantido muito tempo trancado. Não havia o que fazer. Mamãe chorava escondida às vezes, preocupada com o dinheiro da pensão do papai indo pelo ralo com os remédios, todos inúteis e mandatórios. Eu a ajudava em todas as tarefas, mas nunca a consolei. Passei em um concurso para assistente administrativo aos dezoito anos e pagava minhas próprias despesas: roupas, comida, internet. Nunca dei um centavo à mamãe, e ela nunca me pediu nada. Eu poderia nem estar ali, e só continuava morando com ela por causa do meu irmão; não tanto para cuidar dele, mas para garantir que ele poderia ir e vir sem rumo sempre, e que mamãe nunca o internaria *para o bem dele.*

— Demorei?

Juan me beija o rosto. Seu tom de voz indicava estar vibrando de ódio ao telefone, mas agora esse beijo é a coisa mais tranquila. Eu nunca sei o que se passa na cabeça dele. Quando Juan olha um pouco para cima, seus olhos de Tikuna ficam redondos como na foto de quando ele era criança.

— Só um pouco.

É cedo demais. Só há pessoas deploráveis sentadas nas poucas mesas ocupadas no bar, e elas parecem estar aqui há muito tempo, mumificadas. As cadeiras livres estão molhadas da chuva ainda, mas esses seres quase inumanos, embora estejam secos, são tão decadentes que poderiam muito bem estar molhados também, estátuas presas em seus lugares desde épocas imemoriais. Juan os analisa, passa a mão no cabelo úmido, deixa à vista a metade inferior do crânio raspada como a de um punk. Uma música do Queen começa a tocar e o cenho dele reage imediatamente. Que bosta, parece dizer. Esboço um sorriso microscópico. *Another one bites the dust.*

— Como você tá?

Ele sempre me ignora e sempre me pergunta como estou. Me olha nos olhos quando faz isso. Eu o amo nessa pequena janela suspensa sobre o nada, em que só o que passa a existir é sua intenção de afeto e minha lacuna, um encaixe perfeito de quebra-cabeça de criança. Juan faz um sinal e uma cerveja surge entre nós, viva e dourada nos copos de vidro. Tudo é tão rápido e coordenado que é como se ele dançasse uma coreografia com a garçonete com cicatriz de *piercing* de sobrancelha, os bêbados petrificados, o lixeiro correndo atrás do carro com os sacos disformes na mão, e os rapazinhos com camisetas amassadas por cima da farda da escola. Juan exala domínio nessa janela. Eu o amo tanto nesse bloco de tempo, mas o tempo passa e ele não domina nada depois de um segundo. Batemos um brinde automático, sem apoteose, e gotas que suam de seu copo respingam na camiseta branca. Ele tosse, se arruma na cadeira. Desconforto.

— Eu estou rica.

— Rá, essa é boa! Quando fugimos pra Buenos Aires?

Ele ri com escárnio, mas falo sério. Ganhei quase trezentos mil reais. Marquei qualquer coisa, escorada no balcão desbotado de uma lotérica na Aparecida, e depois descobri, por acaso, que tinha ganhado uma bolada. Já faz um tempinho, um pouco depois que mamãe morreu e exatamente um ano depois que meu irmão se matou. Todos se foram. Ficou só uma conta bancária cheia de dinheiro. Meu plano é dar entrada na casa que era da vovó e levar Juan para lá. Mas agora estou meio farta. Cansada de tudo ser tão distante. Eles estão todos mortos, mas mesmo quando vivos, uma distância segura era como que demarcada por um cabo de vassoura preso nas nossas barrigas, garantindo que nunca nos tocássemos: com a mamãe, o cabo era aquele sofrimento todo; com meu irmão, era a doença. E agora, com Juan, é essa postura petulante, esse vamos nos proteger um do outro, dos nossos defeitos, dos nossos traumas fodidos, das nossas ânsias óbvias, vamos alimentar esse espaço porque é o terreno que conhecemos.

Eu nunca abri os braços. Nunca soube como é. Mas me abriria para o Juan, se ele pulasse comigo no abismo e rompesse o hímen de concreto no meu coração. Estou cansada do meu silêncio, dos meus esforços comedidos, das situações sob controle. Olho os respingos na camiseta dele e penso em toda a minha família em caixões.

Quero chorar e deixar Juan desconcertado, fazê-lo tirar a máscara da indiferença e me abraçar sincero, criar outra janela perfeita, mas não consigo. É brutal, mas só sinto alívio com todos esses corpos que deixei pra trás sem poder tocar, por quaisquer que fossem as circunstâncias. Olhando em retrospecto, eles nunca tiveram uma chance, mas eu, eu tenho uma chance, e tenho um pacote com cinquenta notas de cem dentro da mochila, só para início de conversa. Vou esfregá-lo nesse exato momento na cara do Juan para convencê-lo de que não estou mentindo.

Não esfrego. Passo a ele discretamente por debaixo da mesa. Juan sente o pacote na bota fria da chuva, recolhe-o sem sinal de surpresa e guarda a expressão incrédula para quando o abre. Só a pontinha das notas, mas ele sabe o que são. É como se ele olhasse um baú de tesouro de pirata, seu rosto brilha amarelo e a boca fica assim, um "O" na cara. Já nos vejo na casa da vovó, reformando-a aos poucos, o longo corredor sem nenhuma foto nas paredes, uma casa velha e muito mais cara do que vale apenas por ser no Centro, mas sem história nenhuma além da que vamos construir. Ele pode manter a luteria, eu continuo indo para o trabalho como se nada tivesse acontecido. Eu diria que a casa foi herança. Tudo muito crível e discreto.

— Eu não posso deixar meu filho, já te falei. Ele é muito pequeno ainda. Esse pacote não muda nada.

Como você me frustra, Juan. Sua esposa e filho não te amam, eles só não sabem disso ainda. Você é como eu. Você nem existe. Jenny Holzer. Nirvana. Agora não importa mais, a janela se fechou. Kurt Cobain adorava The Vaselines, que fez um cover da Divine, meu irmão me contou quando ainda conseguia falar coisa com coisa. Na noite após o enterro do papai, mamãe saiu dizendo que ia comprar papel higiênico, mas sabíamos que era mentira e simplesmente sentimos que ela demoraria muito, então pegamos uma fita e colocamos essa música. Meu irmão me fez dançar com ele, e nós pulávamos na cama e sacudíamos os braços, garantindo que bagunçássemos os lençóis e estivéssemos sempre muito perto de quebrarmos a luminária ou jogarmos o cabideiro no chão. Quando a música acabava, ele colocava de novo a faixa. Estava em êxtase. Eu tinha medo de ficar feliz, mas o olhava cantando e os sorrisos vinham com sinceridade. Aposto que ele também imaginou que tinha uma chance quando papai se foi. Que seus demônios seriam enterrados junto com ele.

You think you're a man,
But you're only a boy.
You think you're a man,
You are only a toy.
You think you're a man
But you just couldn't see:
You weren't man enough to satisfy me.

Eu me levanto. Nem termino a cerveja. Circundo a mesa. Tomo o pacote da mão do Juan. Ando até a Leonardo Malcher. Pulo no primeiro táxi que aparece no meio dos ônibus. Vamos pro aeroporto, amigo. Não há trânsito, a cidade está morta, morta como todos eles. O taxista demora em contar o troco, nem ligo. Compro uma passagem para Buenos Aires. Apenas ida. Parto em dois dias. O estrago está feito.

Dead city

O sol deixa tudo laranja, cinza, confuso, enquanto Patti Smith toca no talo. Se você já andou de ônibus em Manaus, e não apenas isso, se já andou no 608 saindo do Petrópolis através das ladeiras, sabe que a potência dos fones não é o suficiente para sufocar a trepidação dos vidros e a batida no motor. Por sorte, estas combinam com Horses e me levam a versos que rabisco no celular: *Ajoelho-me perante / a rouquidão que energiza / e eviscera ao limite — / Poderiam chamar-me / Patti Smith.*

A espera de quase uma hora pelo ônibus me recorda que tenho carteira de motorista há 12 anos, mas não dirijo. No Petrópolis, é perigoso disputar espaço com psicopatas da 99, pais em fila dupla para buscar os gordinhos na porta do Colégio Militar e mulheres que insistem em guiar sedans 2012 com adesivos desbotados do Aliança pelo Brasil. Há muito delivery de drogas também. Nas motos sem escapamento, pequenos traficantes são atraídos como mariposas pelos pontos cegos dos retrovisores dos carros. Um bairro pobre, que odeia moventes em geral, desfila enquanto o motora encara curvas e ladeiras.

Enfim, a paisagem muda: das casas emboloradas com cachorros chamados Duque no Petrópolis para a Cachoeirinha, bairro que sempre vi como um potencial desperdiçado. Com o passar das décadas, as vias largas, com quadras planejadas e proximidade com pontos-chave da cidade, incluindo o meu destino, o Centro, tornaram-se o maior buraco de rua com um asilo dentro nas Américas. Por acaso ou não, Patti decreta em meus fones: *This dead city / Longs to be livin'!*

A Cachoeirinha é uma faixa transitória cheia de melancolia. Há igrejas católicas, vovôs quase cegos que cortam cabelo a sete reais e vendinhas de pastel + suco nos finais de semana. Na sexta à noite, o fantasma da feira parece meio montado, meio desmontado, enquanto curumins remelentos correm entre as lonas, ambos encardidos. Rabisco mais uns versos: *Pés compõem batidas / do tamanho do coração / no tampo do ônibus / que fatia a cidade / com teu id.*

O Terminal 2 faz desaparecer quase todos os passageiros. Os arrumados descem e seguem para o culto — a pista é a Bíblia suada nos sovacos de camisas de botão grandes demais, compradas em brechós da igreja. Já os desgrenhados vão para casa ver filmes dublados na TNT, dar de papar aos nenês ou o que quer que os mantenha na linha. Ser a única mulher no ônibus dali pra frente é uma promessa de violência que, por sorte, não se cumpre.

Agora, as janelas expõem casarões abandonados que sugerem o passado da cidade. Não aquele passado sanitizado do Largo de São Sebastião, com cara de cartão postal com Teatro Amazonas e Encontro das Águas num conjunto desconexo, mas um no qual o pixo recobre as linhas da arquitetura portuguesa ou holandesa que já abrigaram de barões da borracha a libaneses enfeitiçados por caboclas sem muita opção. Elas passam rápido, como num praxinoscópio cuja velocidade ameaça destruir o ônibus. Uma barata entra voando e dança um pouco até sair pelo alçapão.

O Centro de Manaus, longe de representar o ápice de uma metrópole, apresenta um efeito pungente da globalização: o mix tão absoluto de culturas a ponto de apagar a tudo e todos, um encaixe entre fusão e esquecimento. Assim, as marcas dos colonizadores que dizimaram as culturas nativas são, hoje, apenas tela de tags e bombs. Dane-se quem eles eram, o que fizeram, a luz elétrica e os bondes. Ninguém precisava dessa droga mesmo aqui.

O destino final se aproxima, mas há tempo para uma última nota: *em tuas mãos / sou Arthur Rimbaud / a caminho do Basquiat / rabiscando belas promessas / que juntos podemos burlar.* Guardo o smartphone e avalio, ainda no ônibus, o caráter crítico da descida na Epaminondas, bem na esquina do Bar da Praça, alocado em cima de um cemitério indígena.

A confluência de traficantes ali já fez aquele ponto ser o mais próximo de um faroeste da vida real que o Centro teve em algum tempo. Depois virou também um point de jovens descolados que falavam "litrão", "ranço" e "berro" e amam a tríade Losing my religion / Like a Stone / Mulher de fases, tocada em todo bar "de rock" dessa cidade-limbo. Os constantes tiroteios entre gangues rivais levaram, de início, à suposição de se tratarem de ataques contra a comunidade LGBT+ na área, mas a realidade se mostrou menos complexa: dinheiro, pó e poder esvaziaram a praça e tornaram seu entorno, incluindo a parada onde eu desceria, numa festa que tinha acabado mal. Acendo meu cigarro e sigo sem a companhia de Patti — é perigoso demais andar com fones.

A travessia se cumpre em segurança até o Basquiat. Ali reúnem-se grafiteiros, fanchas e pocs, professores, o povo do teatro, uns escritores ditos marginais com seus zines suados e outros coadjuvantes. Como de praxe, *Because the night* toca numa caixa de som JBL sofrida. Aceno ao garçom, que me reconhece e de pronto lança: "Cadê, amore?". Saco o *Devoção* da bolsa, novinho, a capa prata e rosa só com uns riscos leves, e passo por baixo da mesa. "Três Antártica", ele decreta, me estendendo as fichas de cerveja enquanto entrego o livro numa transação escusa. A noite está apenas começando.

Bacchanalia

Os pinos na canela de Ione trazem um novo desafio: uma ferrada no osso ao se agachar para fazer xixi. A base do axé retrô vibra nas paredes do banheiro que, apesar de melhor que um cubículo químico, fede tanto quanto. Ela contém a vontade de vomitar que a faria ficar mais tempo ali dentro e apenas segura firme na beira da pia, garantindo que a bunda não toque na louça. O mijo de quatro cervejas sai num jato firme, difuso na luz vermelha que dá aos adesivos das paredes um ar descolado.

Ione encara um deles, uma bonequinha com três ou seis olhos, não sabe ao certo. É uma gracinha, ela pensa, enquanto o líquido começa a encharcar a estrutura dos pinos numa perna e a meia arrastão na outra. Seus Converse fazem *plosh plosh* naquela imundície enquanto ela balança o rabo para se secar um pouco. Sem papel higiênico ou água na torneira disponíveis, Ione continua o processo de ligar o foda-se: sobe o maiô, cobrindo os peitos cheios de *glitter*, arruma o tapa olho e o papagaio de papel machê já todo deformado no ombro, renova o batom escarlate e volta pro bloco.

No final da fila do banheiro, Ione reconhece a irmã caçula. É fácil detectar Silene mesmo à meia luz, porque é a menina com orelhinhas de gato que mexe os ombros assim, pra cima e pra baixo, enquanto chora. Fosse outro dia, Ione gritaria com ela, chamando sua atenção para deixar de pombalesice e acabar com essa história de chorar por macho, alertando-a sobre os perigos do amor de pica, ainda mais envolvendo o nóia do Diego. Mas agora, ela pensa duas vezes. Amolece. A dura revelação de Silene horas antes deu novos contornos à relação familiar. Pela primeira vez, Ione sentiu-se conectada à irmã em suas imperfeições. Ela, também, podia falhar, e a constatação, ao invés de massagear seu ego, eliminou-o.

"Me dá esse telefone", ela decreta, depois de arrotar da cara de Silene.

"Heim?", responde a menina, grogue, com catarro entrando e saindo do nariz a cada respirada.

"O que é que ele tá falando aí?", e toma o celular da irmã. "'Sua porca imunda, ninguém nunca vai gostar de você, você é inútil, bláblábláʼ. Esse fodido se acha, né?". Com dedos hábeis apesar de toda a bebedeira, Diego é bloqueado na lista de contatos e em todas as redes sociais em questão de segundos por ela. "Pronto, agora vamo!".

"Mas eu ainda quero fazer xixi", bodeja Silene, checando, vesga, a mágica executada pela irmã no aparelho de tela trincada com o rosto bem perto. Ela sempre olha assim quando está chapada.

"Esse banheiro tá uma merda. Mija no estacionamento, que é melhor".

Ione tira do meio dos peitões duas fichas de Skol, que resgata pelo caminho, e um pequeno pote, tudo na base do tato. Entrega uma das cervejas para a irmã, enfia dois dedos no potinho e os esfrega na face dela. A poeira fria do *glitter* se mistura aos restos das lágrimas da menina, garantindo máxima fixação, enquanto a bebida morna desce quadrada. É assim que a escuridão as engole entre uma infinidade de pessoas que se retorcem ao som de um *mashup* de Chiclete com Banana e Evanescence. O desespero efusivo dos corpos faz mais lama no chão, tinge os pinos de Ione e as polainas de Silene, e elas abraçam o desconhecido.

Desde o aborto, Silene opera em modos alternantes: ora movida por um profundo senso de gratidão, renovada após recuperar-se das complicações da curetagem e ganhar, por assim dizer, duas novas chances, a de uma vida, e a de uma vida sem um bebê; e, por outro lado, o fim do namoro com Diego a fazia sentir-se numa realidade paralela, da qual acordaria a qualquer momento.

Zonza entre os carros, com sua cauda felina salpicada de mijo, ela flutua na suspensão de descrença. Aceitara ir a essa festa, um misto de bloco e baladinha alternativa, como quem opera um avatar de si num jogo, e divertia-se, é bem verdade, mas a notificação de Diego no celular a esfacelou, puxando-a para a realidade: com ou sem o bebê, ele a procuraria em apenas uma ocasião: quando precisasse de dinheiro. De resto, ela era lixo. Mas assim como entrava em estado de alerta, saía. Ao levantar-se e arrumar o short, Diego era novamente aquele flautista que amarrou seus cabelos num rabo de cavalo firme enquanto ela improvisava com o contrabaixo num ensaio da *big band*.

"Caralho, eu procurei vocês em tudo que é canto!", diz uma moita às irmãs. Aos poucos, a folhagem se transforma numa moça que flexiona os joelhos enquanto passa os dedos nas virilhas, arrumando a beira do maiô multicolorido por baixo de um quimono aberto. Uma viseira ridícula levanta-lhe a franja metade verde, metade preta, que cobre os olhos dilatadíssimos, ornados de lágrimas de sangue sobre a pele disforme do *pancake* meio diluído.

"Tô vendo que tu procurou mesmo, Peta", responde Ione, observando outro espectro saindo da mesma moita. Ione acredita ter dado um pulo pra trás, mas era apenas sua cabeça retrocedendo, sugando do passado as formas daquela silhueta. O primeiro item reconhecível nela eram os pés descalços; logo depois, o short azul com estampas de Antártica litrão; por fim, uma camiseta em frangalhos. "Curtindo a festa, Lázaro?".

"Pode crer, Heleninha", ele baba uma resposta, chamando Ione pelo segundo nome, a identidade que ela assume fora do núcleo familiar. O rapaz lhe cutuca a costela na tentativa de roçar num dos seios, as pupilas um buraco negro. "Eu tô com os meninos bem ali", e usa um baseado para apontar a direção. "Passem lá com a gente. O Russo tá lá também", e vira a cabeça com um sorriso embasbacado no rosto vermelho de batom.

"Foda-se o Russo, cara", Ione deixa escapar no meio de uma inspiração incrivelmente longa. "Vai, vai lá com teus macho. Depois a gente conversa", decreta, e claro, é obedecida. Lázaro sai de cena fazendo passos de *break dance*. Como esperado, ele não é nem um pouco bom nisso.

"Bora lá fora rapidão comprar um corote, chuchus?", pergunta Peta. "Não aguento mais tomar essa Skol. A gente vai se cagar toda amanhã".

"Eu não tenho mais dinheiro", responde Silene, conferindo os zíperes da pochete, levantada na altura dos olhos. "Tu tem?".

"Sim. Vendi aquele beck por dez paus pro Lázaro", rebate Peta. "Uma figura esse amigo de vocês, heim?".

"Fica com a Silene", decreta Ione, para variar, movendo a roda. "Eu compro o corote lá fora e meto nos peitos pra entrar de volta".

"Cuidado", pede a irmã, ameaçando chorar de novo.

"Eles é que têm que tomar cuidado comigo", e aponta para os pinos na perna.

Peta segue entre os foliões fumando seu Lucky enviesado na mão de unhas vermelhas, toquinhos sangrentos na fantasia de gueixa robótica zumbi. A cor foge dos dedos a cada movimento, enredando a garganta dos foliões. Seu coque descabelado aponta o caminho para Silene na multidão, uma antena fosforescente que mantém a melhor amiga em curso. Acredita ser um peixe abissal.

Em 72 horas, Peta partirá de Manaus sem planos de retorno. A promessa do desaparecimento súbito (pois avisara apenas à Silene sobre o emprego com a tia em Minas) e o ar de putaria instaurado pela vasta oferta de drogas nas bordas daquela felicidade a animavam pela primeira vez na vida durante o carnaval. Dois anos atrás, ela estava em um retiro da igreja na AM-010, jejuando e tomando banho de piscina. Não era de todo ruim, tirando a parte das orações, mas o vão criado entre a Peta daquela época e a de agora começaria enfim a ser preenchido.

A consciência do recomeço, e até mesmo o medo causado por ele, a guiavam com um sorriso no rosto. Ao contrário do peso trágico de Silene, com toda a dor que ela acompanhara com a amiga no hospital, Peta era toda leveza; os traumas, ela enterra dia a dia. Que doam depois. Do nada, Ione ressurge, balançando o corote que mais parece uma granada de mão. Peta, que se vê de fora do próprio corpo, abraça as irmãs e beija a boca da mais nova. Para a alegria da turba sufocante, as primeiras notas de "Eu quero botar meu bloco na rua" ressoam. Têm cheiro de sândalo. Confetes iniciam um coro grego. Ainda são oito e meia, e o trio recusa-se à misericórdia da morte.

Coração com as chaves

Foi uma péssima ideia. Quando me dei conta, ouvi o zumbido e aquela sensação de que uma bola de basquete tinha batido na minha cabeça com muita força. Ainda olhei pros lados, jurava que a ouviria quicando no chão, mas só vi sangue mesmo, e canudo pra tudo que é lado. Quando os meninos correram das bombas de gasolina pra loja foi que eu me toquei da merda que fiz. A máquina do café estava com um rombo enorme da bala. Fui apagando devagar. Foi uma péssima ideia.

Depois de quatro meses trabalhando na loja de conveniência nas madrugadas, você perde a fé na humanidade, mas continua atrás do balcão de boas. E foi pra passar o tempo que criei o Sistema. Por exemplo, eu escolhia as vítimas quando a clientela era um grupo grande ou se, por um acaso, muitas pessoas estivessem lá ao mesmo tempo. Às vezes, era o barulhento; noutras, o quieto. Aprendi o ponto exato em que cada salgado estaria quente demais, mas sem queimá-lo ou deixar escapar qualquer cheiro estranho do forno. O da coxinha, do pão de queijo, do pão de batata. Como era bom ver a cara daqueles condenados com a língua ardendo, se entupindo de coca pra disfarçar. A primeira ou a última cervejinha da noite, arruinadas.

Outra opção era deixar disponíveis os piores sachês de ketchup, maionese e mostarda. Por pior, entenda que não se trata apenas de sabor, mas do grau de dificuldade de se abrir as embalagens e as chances de que o rasgo feito nelas para melecar os quitutes tivesse um padrão torto, desses que faz a pessoa sujar a blusa ao se servir. Teve uma época em que fiz tanto isso que passei a levar os sachês da Heinz pra casa. A bolsa ia carregada no ônibus, fazendo barulhinho de plástico. Em compensação, faltava Kikero no posto, porque eu distribuía aos montes pra quem lanchasse lá. A vítima sempre era um daqueles caras barbudos, laricados, que depois precisavam de uns 14 lenços de papel pra dar conta do estrago na fuça; se estivessem muito bêbados, iam cagados mesmo pra casa. Às vezes, eles dormiam em cima dos próprios restos, enquanto os amigos tiravam fotos com o celular. Dava trabalho limpar a sujeira que deixavam, mas era divertido. Pensando agora, dava um puta prejuízo também.

Sem sombra de dúvida, meu item favorito no Sistema era com as cervejas. Mas primeiro eu tenho que explicar que a lojinha era um *point* meio badalado por causa da variedade de bebidas alcoólicas. Realmente, depois que passei a prestar atenção nisso, vi que tínhamos um estoque bem bacana, eu mesma roubei umas garrafinhas de caipivodka muito boas. O preço, claro, era aquela merda, mas isso é outra história. O que interessa é que os *sommeliers* de loja de conveniência já tinham o posto como parada obrigatória, e muitos deles eram um porre. Uma vez, um cara botou o pau pra fora e mijou na bomba de gasolina; noutra, um imbecil roubou um cone. No geral, esses tipos falam alto e ficam cada vez mais machões, nunca dá pra saber em que momento vão começar a brigar ou se beijarem de língua. Então, o negócio era colocar as cervejas interessantes por trás das mais populares nos *freezers*, e resfria-las por menos tempo. Assim, elas sempre pareciam frias para algum apressadinho empolgado, mas quentes quando eles iam beber. Aqueles abestados sempre percebiam tarde demais. Eram bons tempos.

A única parte do Sistema que me deixava pra baixo depois era o banheiro feminino. Eu gostava de ficar por lá. Era um banheiro muito limpo, muito limpo mesmo, eu até roubava da loja aqueles aromatizadores de ambiente. Também comprei um chaveiro lindo, de coração, e pendurei suas chaves nele. É válido eu dizer também que vivia tirando fotos pelada me masturbando naquele banheiro pra vender na internet porque era mais bonito que o banheiro de casa. A luz era bem melhor também. Depois, limpava os dedos no espelho. Ao longo da semana, deixava uma espécie de moldura de digitais sebosas, limpava e começava tudo de novo. Se alguém perguntasse por que eu ia tanto ao banheiro, dizia que estava naqueles dias ou com diarreia, e ninguém falava mais nada.

Você precisa entender: eu usava aqueles uniformes horrorosos, com calça cáqui e umas botas feias, e o pior de tudo, um boné! Tinha que amarrar os cabelos e usar umas luvinhas plásticas quando fosse manipular alimentos, e claro que eu sempre me esquecia de coloca-las. Então ver aquelas donas ali, de salto agulha, com aqueles vestidos coladinhos e a escova toda fodida no cabelo, a cara pastosa de tanto *primer*, base, corretivo, pó compacto e o caralho a quatro, era duro, sabe? Me fazia sentir muito deprê por não poder aproveitar a noite — não que eu tivesse dinheiro pra isso. Queria muito que elas acabassem com uma infecção urinária, e é por isso que eu nunca as deixava usar meu banheiro.

Mas regras foram feitas para serem quebradas, eu só escolhi o pior momento para burlar o Sistema, certo? Tudo ia bem até aquela menina aparecer de novo no posto. Ela estava com uns colegas, uns caras um pouco mais velhos que pareciam ansiosos para captar o momento em que ela iria de "um pouco alta" para "totalmente *tchunay*". A noite prometia. Eles compraram muita cerveja (quente) e ficaram frescando ali pela área do estacionamento. Antes que vocês me perguntem, é claro que eles colocaram um som bem alto pra tocar. Sim, é claro que foi alguma merda pretensiosa, não consigo lembrar o que era, Muse, sei lá, não importa.

Mas a menina não era como eles. Era esperta, eu já tinha reparado: comia a coxinha depois de um bom tempo de espera, nunca queria sachês, e apalpava latas e mais latas de Soda até encontrar uma geladinha. Olhando por alto, ela parecia uma metida do caralho, mas demos uma papeada uma vez e ela era legal, daí quando a vi de novo, na hora larguei a revista que estava folheando.

Ela era tão fofa. Usava um cabelo com uma franja metade preta, metade verde, e um vestido curto imitando veludo com umas botas de EPI idênticas às minhas que, por algum motivo, ficavam uma gracinha nela. Quando perguntou o preço da seda, deu pra ver que tinha um *piercing* verde na língua. Estava animada, falando sobre sua viagem de mudança pra Minas, bateu um ciúme. O que eu mais gostava nela é que ao invés de falar alto por causa da música, ela chegava bem pertinho. Foi como percebi que o batom que ela vivia usando não era preto, mas meio azul, como a asa de alguma barata bem bonita.

Não lembro exatamente como, mas acabou que eu fiz a merda. Ela tinha uma lábia irresistível, isso eu lembro, e me convenceu a dar a chave do banheiro. Tinha bebido muito, precisava fazer xixi. E perguntou se eu queria ir junto. Claro que eu queria, né? Tenho a impressão que nem respondi, só fiquei sorrindo com cara de idiota. Disse que fosse na frente e entreguei a ela o meu coração com as chaves. Mal pegou o chaveiro, deu uns passos, e ouvi o estampido que devolveu o equilíbrio ao Sistema.

Porque eu não percebi o que tinha acontecido, na minha cabeça ela tinha ido pro banheiro. Talvez estivesse me esperando lá até hoje, mas me falaram que ela nem olhou pra trás, só saiu correndo e largou meu coração ali mesmo, no meio dos canudos. Ninguém identificou a origem da bala perdida. O menino da segurança veio aqui outro dia e me disse que se eu não tivesse ficado de cabeça baixa, segurando o fantasma do chaveiro no bolso, eu não teria sido baleada. Ele olhou nas câmeras de segurança e falou que passou no jornal também. Engraçado, né? Talvez eu esteja falando muito. É que vocês me deram tantas drogas legais pra tentar tirar a bala daqui de dentro, e no final nem deu certo. Mas não tinha como dizer não pra ela!

Ruído sísmico

1.

O diafragma de Edna enche. Com isso, a oxigenação é rápida, colocando-a num conhecido limiar. São caminhos cujas rotas ela aprende dia a dia na meditação. "Olha a merda que você fez! Tá uma imundície!". Mais uma vez, os berros do vizinho tentam penetrar o mantra. Sua palavra secreta abraça-a ao ponto do transe, mas é puxada de volta pelo homem. Paredes de condomínio são apenas outro tipo de papelão.

A imagem da maré revolta penetra Edna no retorno ao silêncio. Espectros de vírus e microorganismos infectam-na no fechar dos olhos, enquanto trechos de noticiários contando mortos recortam-lhe os ouvidos pelas janelas, mas o mar de um azul sobrenatural quebra em direções diversas na sua cabeça. Edna se pergunta o porquê disso, para logo depois repreender-se. O motivo não importa; o foco de agora é o agora. Pensamentos devem entrar e sair como a voz do filho da puta do 104. "Primeiro, você esfrega o pano com o sabão! Depois você passa a água e só aí enxuga, sua imbecil!". E a síndica não faz nada. Chamam a polícia e simplesmente não podem entrar. Mundo de merda. Que morram. Foco! O mantra. O mar.

As ondas se dissolvem em dura espuma branca, que vira uma porta de maçaneta dourada. Edna estende a mão para tocá-la e o gesto não lhe causa nenhuma expectativa. Peito, diafragma, barriga, agora todos inflam em uníssono. Aos poucos, a porta se abre, revelando um amplo céu e flores campestres. Ninguém à vista. "Da próxima vez, vai apanhar, inútil!".

"Cala a boca, porra! Que inferno! Vou chamar a polícia de novo, seu merda!", Edna finaliza assim, aos berros, a meditação. Recolhe a esteira de palha, guarda-a com cuidado e liga a tevê da sala. O rei da Inglaterra a encara. Um tom de voz pomposo, porém, sincero, perceptível mesmo com o *off* meloso na tradução do discurso pelo correspondente em Londres. Edna senta no chão, abraça os joelhos e chora. Lá fora, a luz de um poste lembra o sol. "Um dia perfeito para um banho de rio", conclui, as lágrimas misturadas com os restos de maquiagem traçada no tédio do dia anterior.

2.

"Nós somos o vírus! Nós somos o vírus!", segue o mantra pelas ruas nas madrugadas em Manaus. Com nossas vestes negras de TNT, parecemos urubus ao largo das lixeiras viciadas na periferia. Entre becos e palafitas, nosso canto atrai e aterroriza em igual medida. Os impuros nada entendem, pois, a mídia insiste em não relatar as ações de nosso grupo; não apenas isso, mas as restrições às liberdades individuais impulsionadas pela quarentena agravaram-se ao ponto de censurar todo discurso não oficial. Por sorte, algumas comunidades online muito restritas ainda conseguem difundir o evangelho que varrerá da terra, finalmente, a escória que o planeta expurga através da pandemia: o homem.

"O propósito: a terra una. O meio: a aniquilação em massa. A ferramenta: a contaminação em larga escala. O motivo: o sufocamento promovido pelo aborto de Deus. Que finde o homem então!". Com essas palavras anônimas, iniciou-se o movimento.

Cusparadas, escarradas, o pigarro da tosse e o ritmo febril de nossos passos têm apenas esse objetivo: infectar o máximo de pessoas possíveis. Desde que a boa nova começou, relatos inúmeros fundamentam nossas ações: cisnes navegam resplandecentes pelos canais de Veneza; cabras desfilam pelas ruas de Gales; a terra respira novamente com a diminuição drástica de gases do efeito estufa; o ruído sísmico causado por uma sociedade doente reduziu-se a sussurros, permitindo que a natureza, por fim, falasse mais alto. A vida aos poucos retorna ao caldo inicial, no qual os impuros revelam-se a verdadeira doença. O contágio é a cura.

A maratona pelas madrugadas é apenas o aspecto lúdico do movimento. A morte e, melhor, a tensão gerada por sua expectativa, é a brincadeira que alegra os deuses e regozija as almas comprometidas com a causa. Bêbados e suas complexas aparelhagens na mala de Celtas vomitando *lives* de sertanejos, paizões que saem de motéis irregulares com moças de fino trato, mendigos desnorteados e enfermeiros que buscam esconder o fardamento branco, mas não os sapatos Usaflex: esses são os alvos mais fáceis. Sim, é a morte por esporte, mas como esporte, condiciona mente e corpo rumo ao único ideal possível de nossos tempos. Nós somos o vírus!

3.

Com humanos isolados, tartarugas invadem costa da Índia em fenômeno raro

A última vez que as tartarugas Olive Ridley, ameaçadas de extinção, apareceram no litoral indiano durante o dia foi em 2013! Veja fotos.

Mate; masie

O olhar de Tessa é um ataque nessa fotografia. É verde, herança de uma avó da Nicarágua, diz na entrevista. Passeio pela imagem novamente: a pele contrasta com a bata amarela e roxa, de padronagem *adinkra*, demarcando o orgulho das raízes de Gana. Já os colares e brincos enormes não querem dizer nada, mas refletem o dourado no colo e têmporas, dando-lhe um ar de estátua de bronze.

A foto pertence ao novo projeto multimídia de Tessa, explica a reportagem. O objetivo de *Mate; masie* é apresentar retratos de força e orgulho de caboclos afrodescendentes com ela em foco, para que "meninas negras amazônidas tenham um reflexo midiático de seus próprios corpos para além de imagens estigmatizadoras e hipersexualizadas". Olhando o recorte do jornal, não consigo decidir se quero ter ou ser como Tessa. Ela é claramente uma preta raivosa e eu adoro isso.

* * *

— Toma aqui tuas chaves, Lázaro. Você me deve nove reais de Uber, tá? Vê se não sai de carro quando for encher a lata, macho.

— Valeu, Heleninha! Eu tava no vai e vem naquela noite. Desde cedo, altos corres. Levei a carne, a cerveja, busquei aquela galerinha do teatro...

— Ah, sim, os "acaba-rancho". Aquela moçada come pra caralho!

— Deixa disso. O importante é que todo mundo se divertiu. Foi "a" festa, né?

— Pode crer. Tu viste aqueles dois na piscina? Que putaria! E pra fechar em grande estilo, altos barracos.

— Mana, o que foi aquilo?

— Você não devia ter deixado *aquele* cara entrar. Maior *bad*. A Tessa é sem noção. Depois quer pagar de foda.

— Como assim, Helena? Ela ajudou a apartar o lance todo. Se não fosse por ela, o Vicente e aquelas duas tinham se matado lá!

— Bem, ela trouxe *aquele* cara...

— Ah, para. Os meninos disseram que é tudo invenção. A ex dele é fora da caixinha.

***

Desço para os créditos da foto e o nome do Vicente está ali. As cores desbotam um pouco, a vista cansa de repente. É sempre assim: uma garota que conhece outra garota, que conhece outra garota, e essa garota tem uma história. Me falaram sobre a ex dele, as agressões físicas e psicológicas, uma suposta medida protetiva, não sei quantos metros de distância. A versão que corre é que trabalhavam na mesma agência de publicidade e isso gerou um impasse que se estendeu ao ponto dela não aguentar e abandonar o emprego. O que se disse depois é o de praxe: é uma louca. Toma remédios controlados, montes deles. Gênio difícil. Carente.

Eu me sentei numa mesa com Vicente, semana passada. Foi no aniversário do Lázaro, um puta festão no qual eu cheguei cedo demais porque agora que estou aprendendo como essas coisas funcionam e já estava me sentindo contemplada o suficiente para atentar para esses detalhes. Havia aquela grande mesa repleta de pretos e pretas. Alguns com tranças que iam até a cintura, outros com um *black power* imenso e as roupas, bem, as roupas eram todas perfeitas: das mais espalhafatosas, que destacavam os corpos jovens das cadeiras de plástico de pés lodentos, às mais sóbrias, que me faziam sentir rodeada de artistas de jazz. No meio deles, Tessa. Ao lado dela, Vicente. Lázaro me apontou uma cadeira ali, talvez na esperança de que uma identificação imediata acontecesse, mas eu era apenas uma semidesconhecida.

— Esse é um Barlow Jack — explicava Vicente, mostrando o canivete às duas únicas brancas da trupe, mais ou menos da minha idade, sentadas à frente dele — É japonês, um pouco oxidado aqui, ó. Mas gosto muito do uso das lâminas duplas. Não é o item mais valioso da minha coleção, mas é o favorito — e ele fecha o parecer com uma golada de cachaça de jambu.

As garotas pareciam hipnotizadas pela destreza de Vicente. Era bonito mesmo, as lâminas indo e vindo na ginga do punho e o brilho da pista de dança improvisada reluzindo no aço. Mas faltava vida nos olhos de Vicente, como se já tivesse feito essa demonstração mil vezes. A única pista de seu pulso era o vermelho-rosa-verde-azul-amarelo piscando de forma epiléptica no rosto pálido. Assim que constatei isso, olhei para Tessa. Ela debatia com os outros pretos da mesa e sua voz ressoava um tom acima das demais. Assuntos sérios. Nossa sobrevivência e dignidade. Ela lançou um olhar para o canivete, que então descansava estrategicamente à vista das garotas, e deu um sorriso de escárnio, quase imperceptível. Mas o desprezo nos olhos de Tessa era do tamanho da Nicarágua, talvez maior.

* * *

— Eu não quero saber se a ex dele é doida. Não interessa. O cara tem um B.O, Lázaro!

— Isso é só boato.

— Eu não ligo. Não quero estar onde essa gente está. Na verdade, é isso que eu quero conversar contigo, macho. Você vai acabar se queimando por turite. Cuidado.

— Como assim?

— A mulherada toda sabe por alto essa história do Vicente. Vão achar que você é conivente com isso. O pior não é nem as gatas, mas o trabalho. Você precisa cuidar da imagem do teatro.

— Não, eu quis dizer o que é turite? O que é isso?

— Meu deus, Lázaro, você nunca jogou bolinha de gude? É aquela coisa quando uma bolinha bate na outra e na outra e na outra. Você perde todas as bolinhas! Será que eu tenho que explicar tudo pra esse rapaz, Senhor?!

— Acho que entendi.

— Eu acho bom você ter entendido mesmo. Nada de bom vai sair dali.

* * *

[...] INFORMA A NOTICIANTE, QUE NA MADRUGADA DE HOJE, POR VOLTA DAS 3H30, FOI AGREDIDA COM UMA CORONHADA NA CABEÇA PELO COMPANHEIRO VICENTE MACHADO DOS ANJOS, COM QUEM RESIDE; QUE A NOTICIANTE PERGUNTOU O MOTIVO DA AGRESSÃO, A QUAL ELE RESPONDEU QUE SE TRATAVA DE UM CASTIGO POR TROCAR MENSAGENS DE CELULAR COM UM AMIGO DA NOTICIANTE; QUE VICENTE PEGOU UMA CORDA E A AMARROU, FAZENDO CORTES NA PARTE INTERNA DAS COXAS E BRAÇOS DA NOTICIANTE ENQUANTO MANTINHA RELAÇÃO SEXUAL COM A MESMA; QUE A NOTICIANTE,

APÓS FINALIZADO O ATO, CONSEGUIU SE VESTIR E CORRER PARA A RUA COM O CELULAR, CONTATANDO A POLÍCIA; QUE VICENTE A ALCANÇOU E A AGREDIU COM CORONHADAS NA CABEÇA NOVAMENTE, ENQUANTO A NOTICIANTE GRITAVA E DOIS VIZINHOS TESTEMUNHAVAM O ACONTECIDO; E QUE VICENTE EVADIU-SE COM O CARRO DA NOTICIANTE; QUE DIANTE DOS FATOS, REGISTRA O BOLETIM DE OCORRÊNCIA E SOLICITA PROVIDÊNCIAS.

Sendo o que havia a constar, cientificado(a) o(a) declarante das implicações legais contidas no Artigo 299 do Código Penal Brasileiro, depois de lida e achada conforme, expeço a presente Certidão. A referida é verdade, Dou fé.

* * *

— Mas mana, e se a gente estiver botando a culpa numa pessoa inocente? A gente não tem como saber se ela falou a verdade sobre o Vicente.

— Isso não é normal, Lázaro. É normal estar num círculo de pessoas e ouvir boatos de quem comeu quem, quem perdeu o emprego, quem falou merda na internet. Isso é normal. Não é casualmente que surge uma história de um abusador que desce o cacete na namorada no meio da rua.

— Eu acho isso complexo, mana.

— Sim. Eu também. Mas eu sinto que é verdade.

— Como?

— Não sei. Talvez seja uma coisa tipo "quem apanha é que sente".

— Como assim?

— Ai, macho. Deixa pra lá.

* * *

Mate; masie vem atingindo um alcance incrível. Desde que comecei a estagiar na Secretaria de Cultura, apenas as postagens sobre nosso último edital tiveram tantos acessos quando as dela. O *video mapping* de Tessa trançando os cabelos da filha nas fachadas de casarões abandonados no Centro, em especial, atraem curiosos que registram tudo e a colocaram em posição confortável nos *trending topics* do estado. Ninguém liga para quem fez aqueles registros; apenas Tessa e suas tranças importam.

Até hoje me pergunto se me enganei, se aquele olhar na festa não quis dizer nada daquilo. Se aquele seria o sacrifício de Tessa por garotas como eu. Por isso, é agridoce segurar o recorte da reportagem no jornal, mas preciso terminar esse *clipping* antes de partir para a aula na faculdade. Não há mais ninguém na secretaria e as últimas luzes começam a se apagar. Não é muito seguro lá fora.

Mercury 13

Na minha cabeça de criança, parecia impossível comer em São Paulo. As pessoas eram pálidas, usavam tênis e calça jeans dentro de casa e, acima de tudo, não tinha camarão na praia — sequer tinha praia! Foi em 1993. Não consegui sentir nada pelos prédios. Pelos museus. Pelos shoppings. Pelos parques. Pelo metrô. Não faziam sentido.

Foi culpa da água. Porque o certo era entrar no carro ou no avião, ficar sentada ali por horas e dar de cara com a água, montes dela. O horizonte seria abaulado e, como numa ilusão de ótica, apenas trocava de cor — ora azul esmeralda, como na costa do Ceará, ora preta, quando nas comunidades ribeirinhas do Amazonas.

Ajusto-me no assento da voadeira. Minha irmã segura a bolsa. Alguns minutos e estaremos na praia onde acampávamos com nossos pais e depois com os amigos, flutuando como donas de casa transformadas em mulheres astronautas. Quebraríamos recordes num simulador de gravidade zero.

Não me lembro do meu primeiro banho de rio. A densidade do Negro abraçando o corpo sempre foi como ter cabelos ou dedos, algo prévio. Mas lembro do meu primeiro banho de mar. Corri na areia entrecortada de conchinhas em direção às ondas nubladas, cortando-as como um Marlim até que o empuxo das águas prevaleceu e aprendi o limite. Entreguei-me de olhos abertos para baixo, e o sal me queimava as pálpebras quando subi. Voltei à terra firme em lágrimas. O mar tinha raiva.

De alguma forma, eu também pertencia àquilo. Uma coisa de veias, sangue que atravessou do agreste de lá para os seringais de cá. "Amazônia: terra da fartura", diziam os cartazes aos Soldados da Borracha, um grupo meio Tapuia, meio português e um tiquinho espanhol, segundo contam os mais velhos dentre causos recitados com o esmero de repentistas. Vovô e sua exibição de filmes em película no quintal em Limoeiro do Norte, o bandido levava socos em *looping* para alegria da garotada. Vovó, já no seringal, sendo curada de uma "doença de tristeza" pelo feitiço de um nativo. Os tios perdidos para a seca e depois para mata.

Daquela estada de cinco dias em São Paulo, comi nos dois últimos. Foi quando descobri o que era requeijão. Derretia na baguete quentinha e era da cor da careca de Almir, nosso hospedeiro. Rodeada de cascas de pão, sentia pena dele. O piano da sala pincelava notas todas as manhãs, mas aquela família não tinha nada; estavam perpetuamente ressecados num labirinto debaixo da terra, brancos como filhotes. Tinham sede, aposto.

Ainda estou esquálida na fotografia que tiramos na Liberdade. Com uma expressão de sala de espera. Almir perguntava a papai sobre jacarés nas ruas de Manaus enquanto ajustava o foco na máquina, e não era uma brincadeira. Mamãe tinha as mãos nos nossos ombros, meus e de minha irmã, mas a cabeça virada para o lado, encarando um horizonte alerta. Medo de perder os brincos, medo de nos roubarem os relógios, medo da garoa lhe arruinar os cabelos. Tudo era encantador e pavoroso. Mas nossas feições indígenas cravadas na pele amarelo-libanesa nos dava algum encaixe ao lugar; as senhorinhas nipônicas eram iguais a minha tia.

No rio, eu e minha irmã flutuamos num silêncio forçado pela água que abafa o berro de crianças, o baque das bolas de vôlei numa partida próxima, o chiado das calabresas na brasa, de tudo um pouco. O sol branco nos mancha de vermelho e exige mergulhos no caldo marrom de sedimentos. Não consigo mais abrir os olhos debaixo d'água. É um castigo por ter abdicado ao rio durante a adolescência, o velho impulso de superar as próprias digitais.

Duas décadas e algumas passagens rápidas depois, eu ainda não sabia andar no metrô em São Paulo. O excesso de direção me confundia. Mas seguia Lázaro desde a estação Tucuruvi, então tanto faz. A amizade nos colocava numa dinâmica de não obrigatoriedade do cuidar, e ele me perderia de tempos em tempos, se eu não o acompanhasse com passos ou olhar. Sei que estávamos perto da Paulista porque as pessoas ficaram menos marrons e mais autoconscientes.

Nos primeiros treinos para astronautas homens se adaptarem à gravidade zero, alguns surtavam. Ao contrário das mulheres, o vazio sem peso era um pesadelo, e não um alívio. Os paulistas restantes na Trianon-Masp pareciam recém-saídos de um tanque de Laboratório de Flutuação Neutra. Até a respiração deles sufocava. Mas saltamos à superfície, e a avenida despetalou um céu de luz suave, a antítese da Linha do Equador. O vagão que levasse seus mortos, porque ali trabalhávamos com a promessa da noite a caminho e do anonimato de turista. Rotas prontas, clichês saturados, nativos blasés, de tudo um pouco.

Depois do tour pelas megalivrarias inexistentes em Manaus, no qual pudemos nos embasbacar com a variedade de lançamentos e o design grandioso que encobria a exploração dos empregados e a falência iminente do negócio, chegamos na Frei Caneca. “Gay Caneca”, segundo a contextualização de Lázaro, cujo apartamento era perto, um muquifo retrô mal equipado, mas simpático.

Porém, aquele não era nosso destino. Passamos dele, do mercadinho de orgânicos, das saunas, da loja de vinho e dos passeios de labradores que se repetiam como que num cinetoscópio. Seguimos para a longa Augusta, onde a sensação era de abrir um cardápio de tribos urbanas que parecia ser folheado rápido demais.

"Caro. Metido a besta. Caríssimo. Esse dá fila", dizia Lázaro, com ar de jurado em show de talentos, ao apontar para os bares e casas de espetáculos. Tínhamos pouco dinheiro e pouco tempo, e a cidade se movia num potencial de diversão e apoteose que não podíamos arcar. Quando uma chuva desabou, foi também um alívio que nos transmutou na Augusta: de bombas-relógio para restos de papelão molhado.

A única caverna que nos acolheu foi o Pescador. Debaixo de nossos casacos, pingávamos, e debaixo de uma camada de poeira, a *jukebox* tocava Racionais. Já os homens tinham a cor e as roupas de Lázaro, um visual de artista genuinamente mendicante, enquanto enrodilhavam-se nas mesas de sinuca. Algumas pessoas ameaçavam entrar no local para se proteger da chuva, mas ao passar a vista naqueles tipos morenos, saiam como entravam: rápido. Sacrificavam o resto de seus figurinos meticulosos de brechó na tempestade.

Liberta a *jukebox*, estreei uma sequência que, para minha surpresa, foi bem aceita. Rapazes esperavam sua vez nas tacadas dedilhando as batidas das músicas, murmurando *What is love* entre goles de suas canelas de pedreiro. Lázaro, nunca afeito às redes, gravou uma série de *stories* no celular. Um homem de uns quarenta anos tirou o gorro ainda molhado da cabeça, enxugou gotas confusas de suor e chuva da testa, olhou-me com cara de poucos amigos e deu um joinha. O dedo em riste decretou: ali ficaríamos até o amanhecer.

No dia seguinte, Lázaro usava seus óculos escuros enquanto caminhávamos pelo Parque Trianon, fingindo goladas numa garrafinha de uísque. Minhas alergias, que urraram ao nascer do sol, acalmaram no verde. O orvalho se dependurava como brincos entre famílias e cachorros. Aquela mancha de Mata Atlântica parecia cada vez menos de plástico para mim. Não só o cenário fazia sentido, mas meu encaixe nele.

O sol se põe enquanto o céu espalha cores na margem do rio. Diante de nossos olhos, é uma paleta que, ao contato com as águas, lava o laranja e reforça os roxos e azuis. Gotículas resfriam nossos rostos ao sabor dos solavancos da voadeira. Hoje meu tanque parece ter se expandido, como se jorrasse. Talvez eu esteja pronta para ir ao espaço.

Que tem o cerne duro

I

Você diz que essa foi a última vez. De novo. Que nem na outra vez. Que acabou, lembra? E você segue bêbada pela Constantino Nery de madrugada. Cachorros ao longe latem para figuras de um outro plano e garis cortam a escuridão pendurados num caminhão de lixo. Ambos deixam um rastro de sons e cheiros que você nunca mais irá esquecer. Seus dedos sentem as tiras da sandália de salto agulha na tentativa de cortá-los fora. Tudo tenta me despedaçar, você conclui, correto? Essa foi a última vez. De novo. Mas, ao contrário das outras, ele não corre atrás de você, não vocifera, não puxa pelo braço com um cuidado firme que assusta, e vocês não compartilham o descontrole orgástico que conhecem tão bem. Nenhum rito à vista. Ele se foi por completo, e você não sabe se acabou?, uma pergunta nova, incômoda, que recobre o seu corpo como suor na noite de outubro, a noite mais quente. Com a cabeça ainda rodando, você pula do meio fio, segue pelo jardim sem flores, apenas a sola dos pés entre tudo que existe dentro de você e a grama esturricada. A cidade é feia e você engordou dez quilos, está completamente sozinha. Sem um tostão na bolsa porque ele levou tudo, todo o seu trabalho, e por que não arremessar a bolsa longe, a longneck que não acertou a cabeça do seu amor com aquele último gole de cerveja quente, a última chance. Tem fome, menina?, diz a voz do interfone na guarita de um condomínio, e você se aproxima, ele aponta para o lado através do vidro, a porta, e sua cabeça ainda rodando. Você entra, senta, e o som do ferrolho anuncia uma alvorada de pesadelos. A partir de agora, ele sempre estará com você.

II

Você diz que a droga não é sua. Que não sabe como ela chegou ali. Que a garçonete mandou todo mundo entrar no sótão de uma hora para outra por segurança. Que você e suas amigas achavam que era por causa de assalto. Que a polícia revistou, de uma por uma, as quase 20 pessoas que foram levadas para lá junto com você. Que eles não encontraram nada conclusivo que apontasse quem era o dono da droga. Que você nem saberia dizer qual a aparência de vinte quilos de skunk. Que inclusive era a primeira vez que você tinha bebido naquele bar fuleiro. Que todos foram liberados, menos você e suas três amigas. Que os policiais também saíram, menos o delegado. Que o nome dele era [inaudível]. Que ele sacou a arma assim que ficaram apenas vocês cinco no sótão. Que ele só ia deixar vocês saírem quando uma de vocês confessasse de quem era a droga. Que sua amiga mais nova chorou. Que ela levou um tapa. Que você gritou alto isso é abuso de autoridade!, e que denunciaria ele para a corregedoria, para os jornais e para quem quisesse ouvir. Que você levou uma coronhada na cabeça como resposta e caiu no chão. Que depois disso tudo ficou muito quieto. Que ele subiu sua saia ali mesmo, sob o piso de taco velho rangendo. Que ele não teve cuidado algum, nem mesmo quando o seu sangue se espalhou pelas coxas. Que as sombras dos coturnos dos outros policiais podiam ser vistas pela fresta por baixo da porta. Que as suas amigas viraram o rosto, porque sabiam que seriam as próximas. Que ele foi de uma por uma, a noite toda. Que quando o sol despontou, não havia mais droga e nem policiais ali. Que apenas a garçonete estendeu uma toalha de rosto manchada de amoníaco quando apontou para o banheiro, onde um balde de água com larvinhas do mosquito da dengue estava ao lado da pia sem encanamento. Que os jornais não deram nada sobre os vinte quilos de droga achados pela polícia no Nostalgia. Que, ainda assim, a culpa é sua. É sempre sua.

III

Você diz que é sua primeira vez. Mentira. Mas ele não precisa saber. Você olha a corda vermelha, grossa, caindo sobre as florzinhas do lençol como cobras. Algodão 65% e Viscose 35% versus Percal 300 fios, dizem as etiquetas de ambos. Você pega a corda, balança-a lenta e cega na luz plana da tarde. O tempo tenta parar no seu estômago, um aviso, mas avança dentro nos olhos de seu Cliente. Olhos azuis, cabelos pretos. Quando Ele sorri, eles não sorriem junto. Estão mortos, mas você não precisa saber. Ainda. Ele deixa a valise com os duzentos mil no criado mudo e começa o trabalho de trançar a corda por você toda, o vermelho e o negro, a pressão seca sobre dobras, ossos e cachos, a suspensão de seu corpo. Tudo balança um pouco. Você diz que é a sua primeira vez, mas é a dele, e a palavra secreta é Jacarandá. Ele puxa uma ponta, silêncio. Puxa mais, silêncio. Testa nó por nó, ou pelo menos acredita que o faz. Parecem firmes. Você faz uma cara que denuncia a verdade, que essa não é sua primeira vez, mas ele não percebe. Ainda. Está encantado como uma criança, admira sua obra, um corpo nu que empalidece nos pontos dos nós enquanto as nuvens lá foram anunciam a tempestade. Ele tira a roupa, as veias verdes nas ancas reluzem do corpinho magro de osga e Ele se transforma. Você quer brincar com fogo, menina?, Ele pergunta com uma voz robótica, e a chama do isqueiro fica entre a mão dele e um de seus cachos. Você fica vesga para olhar bem o perigo, mas Ele não desliza o dedo do lugar e a chama permanece, congelada no tempo. O cabelo queimado fede no tapete persa falso. Ele puxa mais as cordas, arqueia suas costas ao limite. Jacarandá! Ele dá um soco na sua boca. Jacarandá! Ele chuta sua bacia. Jacarandá... É só depois disso, e não antes, que Ele consegue o que quer, e, ainda com as cordas no corpo, mas jogada na cama, você só implora a deus para que Ele termine logo com isso. Não, diz a voz dentro da sua cabeça. Fora dela, seus lábios rasgados em três pontos movem-se numa canção de ninar sinistra e quase inaudível. Ele termina rápido, embora pareça ter durado anos. É quando, num passe de mágica, um nó na altura do seu cotovelo esquerdo se solta. O braço livre vai direto para o pincel Stabilo na cabeceira, o mesmo que o legista apontará, sem esforço, como a causa da morte por ter lhe acertado uma artéria do pescoço. Tanto faz. Muito antes das primeiras sirenes do carro de polícia soarem, você estará longe, na Cidade do México. Dizem que os jacarandás em flor são lindos ali nessa época do ano.

Beirute, 1957, agora

Meu avô não tem pernas e conta com apenas duas expressões no rosto. Explico: quase tudo que sei sobre ele vem de um par de fotografias antigas num álbum amarelado que fica na casa da minha avó. Quando eu era criança, gostava muito de folhear aquele álbum. Reconhecia nas meninas em preto e branco as tias, admirava a elegância simples de mamãe e seu ex de cachos rebeldes, vestido com nada além de um macacão jeans — motivo pelo qual até hoje meu pai abomina essa peça de vestuário. Eu também brincava de completar a arquitetura da casa nas minhas fotos de bebê. Se tudo que a imagem revelava era um berço comigo dentro, babujando uma pelúcia, eu fechava os olhos e construía o resto do quarto. Às vezes, lembrava de detalhes que não sabia se vinham de um canto empoeirado da mente ou das próprias imagens.

Mas sempre quando a sequência chegava naquelas duas fotos do meu avô, elas suscitavam nada além de dúvidas: que fim ele levou? Por que não temos o sobrenome dele? Por que ninguém fala sobre ele? O que afinal completa esse quadro? Na primeira fotografia, meu avô repousa sereno, como que morto. Seus olhos são estáticos, frios, a pele muito branca sobre a mandíbula moldada por uma tensão comovente. A imagem talvez adquira seu ar mórbido por um detalhe: uma mulher de feições exóticas segura o retrato com o rosto dele, uma foto dentro de uma foto, um mise en abyme acidental.

A mulher de cabelos cacheados olha para mim quando encaro a foto. Eu sei o que você quer saber, ela me diz com o retrato no colo, os dedos roliços como velas cheios de familiaridade sobre as quinas da moldura. O rosto dela de certa forma emula o dele, pois a mulher também parece morta e dura. É como se o tivesse aprisionado dentro do retrato sob efeito de potente magia, castrando-lhe o sorriso e tudo abaixo do busto no espaço de uma A3. No canto da fotografia, uma pista: Raiff Chamy. Beirute, 1957.

Na outra fotografia, Raiff está em um palanque. É uma imagem em plano médio, com ele na frente de um microfone, um braço erguido, o indicador interminável apontando para o alto, para a total escuridão. Seu rosto raivoso é um tanto disforme, como que capturado numa tela de Goya.

Há anos tento completar essa foto. Imagino um grupo de trabalhadores gritando palavras indecifráveis logo abaixo do palanque, um comício talvez. Há um sentimento de concordância e comunhão. Quase posso sentir o calor de luzes amarelas sobre suas camisas de botão claras, a revolta condensando naquela mistura de corpos caboclos e estrangeiros num ódio em comum, compactado na face de profundas covas sob as maçãs do rosto. Muito antes de entender a dimensão desse quadro, ele me vinha à mente, cifrado das bordas do papel fotográfico ou psicografado de cenas de cinema embotadas na lembrança de uma Sessão da Tarde.

A outra versão da foto no palanque é mais festiva. É meu avô num festival de música. A imagem teria sido captada no momento mais apoteótico da canção. Que canção? Algo romântico e intenso, uma versão peculiar de algum hit de sua terra, a alma enfeitada pelos olhos doces da amada, flor aberta entre os pomares. A transfiguração de sua face se dá por emoções que ele há muito ocultara, a nostalgia sem nome por uma Beirute que já não existia mais. Imagine Hitler em Manara. A independência que ele apenas leu nas cartas, um Líbano imaginário que ele, quando muito, montava a partir de recortes de jornal nas noites tropicais de Manaus, fumando na escada de uma pensão no Centro. O rosto dele entre as rodelas de fumaça do cigarro e a melancolia modificando a química de seu cérebro, desenhando maus genes.

Vovó seria uma peça chave para desvendar o mistério, mas nunca falou sobre o passado. Para ela, a vida foi uma linha contínua de agoras, em que o segundo atual encobre por completo o anterior. O único espaço permitido ao meu avô estava naquelas duas fotos e comentários raros, feitos quase sempre por outras pessoas, à boca pequena, como quem goteja um ingrediente secreto. Foi assim que descobri que o homem das fotos era, de fato, meu avô. Que veio do Líbano para o Amazonas em algum momento da primeira metade do século XX. Que trabalhou em telecomunicações. Que papai tentou incentivar minha mãe a manter contato com ele, mas ela nunca se animou.

Dessa forma, certos comentários se tornaram para mim peças brilhosas de um quebra-cabeça muito simples, e por isso é fácil lembrar suas formas e conteúdo. Por exemplo, mamãe uma vez disse que as mãos do meu avô eram idênticas as do meu irmão. Já vovó deixou escapar que avô e neto de fato se pareciam não só no quesito mãos, mas por inteiro, o que talvez explique sua altura atípica e dedos alienígenas que nada tem a ver com a baixa estatura dos meus pais.

É graças ao meu irmão que posso brincar de fechar os olhos e tentar completar o corpo de vovô nas fotografias. Assim, ele tem pernas frágeis e extensas, o peito fundo e estreito sob uma penugem rala e um certo jeito de levantar as sobrancelhas traçadas como o voo de uma águia. Beirute, 1957, agora. Nossa identidade secreta.

B. se assustou quando lhe mostrei as fotos do meu avô: "Mas você é igual a ele!". Eu? Sim, você. E eu, que desenhava imagens completas sobre planos incompletos por anos, de repente me vi como parte dele. Astigmatismo? O problema no nervo ciático? Vitiligo? Das coisas que ninguém tem, o que mais será que aquele homem das fotografias pode ter me deixado? Como se diz Líbano no Líbano? De repente, essa pergunta pareceu relevante.

Às vezes me pergunto o que telecomunicações tem a ver com um homem num palanque, a morte e um segredo. Penso em fios, nós, a floresta cobrindo tudo que não é revirado pelo homem. Que talvez ele fosse inteligente, ou talvez não, que fosse só mais um migrante fugido de sua terra natal em busca da chance de enriquecer no Inferno Verde com um folheto na mão, a fartura hipotética de uma Amazônia sem lacunas nos seus sonhos.

Mas não era assim que funcionava para os libaneses: os primeiros a chegarem no Brasil, séculos atrás, criaram redes estruturadas para o suporte dos que viriam depois. Já no pós-guerra, muitos tinham definido para que região iriam e com o que trabalhariam antes mesmo de pisar no país, graças a essa integração. Exploraram os seus? Tudo muito organizado. E em algum lugar do passado, um grupo de homens decidiram como seria a minha cara e os dedos do meu irmão, provavelmente num salão têxtil no Brás. O sangue pelo sangue, silencioso como um álbum de fotografias.

Sincronicidades

Quinta-feira

"Toma", diz B, estendendo a mão com o celular do outro lado da cama, o sangue ainda ativo nas bochechas após o sexo. Vejo na tela um círculo, de onde saem três braços em formato de L. A imagem não parece dizer algo por si só, apesar de ficar imediatamente impregnada em minha cabeça. O texto da legenda diz: "A chave sol é uma técnica do sistema gnóstico que serve para nos manter no momento presente. Pode ser usada no treinamento de sonhos lúdicos ou viagens astrais. A chave sol significa: S - sujeito; O - Objetivo; L - lugar. São três perguntas que se deve fazer a si mesmo: Quem sou? Onde estou? O que estou fazendo?". "Apago a luz?", pergunto a B., que fecha o Knausgård que divide a cama conosco há semanas. B. passa o braço quente por cima de mim, e um cheiro persistente de Dove me recobre as narinas. Como ele consegue?

Fecho os olhos e a próxima coisa que lembro é de estar num balneário com minha avó. O sol é intenso e, pelo movimento das bocas, crianças berram com vontade, apesar de não escutarmos seus gritos e nem o forró ininterrupto como música ambiente. Estamos numa espécie de varanda e admiramos as piscinas naturais e a mata que se estende por todo o nosso entorno. Vovó lamenta a morte de sua irmã gêmea e fico pensativa. É quando percebo onde estou — num sonho — porque ela nunca teve uma irmã gêmea, mas me compadeço com o seu olhar distante, nada emotivo. Não é como nós somos.

B. permanece alheio à conversa, observando os banhistas e maquinando detalhes de contos que ele revisará meses a fio até que eu possa lê-los. Mudamos então o assunto para plantas, o que é um pouco difícil, posto que nunca nos lembramos do nome de nenhuma. Dou a vovó um lírio enorme, de um laranja inenarrável, violento, dentro de um vaso de plástico. Ao perguntar se ela havia gostado da planta, percebemos que não há irmã gêmea, e que foi ela quem morreu. Não falamos mais nada e só nos damos as mãos. B. nos observa, não há nada que ele possa fazer. Sinto a mão dela na minha, firme, e da palma às costas enrugadas, ela é exata e quente.

Acordo e tento só pensar no sonho o suficiente para lembrá-lo, constatando que fazia um tempo que não sonhava com minha avó. Ao contrário das outras vezes, em que me assustava ou ficava triste, agora consigo apenas aproveitar aquele momento enquanto tento digerir suas implicações nessa dimensão do lado de cá. Antes que eu entre na espiral de lembranças do caos do hospital, passo o braço pelas costas de B. e seguro numa parte específica de sua costela esquerda, que por algum motivo me faz sentir segura e calma. Na escuridão, penso que faz tempo que não brigamos e que nossa ligação parece mais forte. Tenho menos vontade de pensar em planos de fuga. "Vocês dois têm signos de fogo. Quando se encontram...", lembro de um amigo falando. Não ligo para signos, mas acho que sei o que ele quis dizer. O tudo ou nada. Queimar. O dorso de B. é quente, de forma que, por mais que seja eu a abraçá-lo, é o seu calor que me faz sentir abraçada.

Sexta-feira

No trabalho, o ar-condicionado não dá conta de conter o calor. Os funcionários todos estão com uma expressão oleosa de incômodo, quietos demais. "Retenção de custos", sussurra alguém na rádio peão. Vejo C. e D. passarem, e me espanto mais uma vez em como eles são idênticos: o cabelo num corte simples, porém da moda, camisa de botão, tênis esportivo e as mesmas máscaras cirúrgicas azuis, que eles tiram do rosto ao mesmo tempo para enxugar seus bigodes de suor. O dia passa numa profusão de pequenos problemas e soluções sobre como anunciar os diversos canais de venda de uma loja de eletroeletrônicos: lojas físicas, site, WhatsApp e televendas, diz a locução diversas vezes enquanto revisamos um VT institucional.

De noite, Happy Mondays na tevê de novo. Perdemos as contas de quantos finais de semana correram assim, trancados no apartamento, o país em suspenso lá fora enquanto B. larga a faca e sementes de limão na pia depois de improvisar uma caipirinha. "Mais barato, mais rápido", ele decreta, apontando para o fim do mês no calendário e os motivos da escolha pela bebida. Nesses tempos, já não me lembro como dormi, a que horas, com que roupa. Os dias parecem ser uma sequência de falhas de continuidade. Num segundo, estou no sofá, e no outro, estou me levantando da cama junto ao C. do trabalho, e nós dois vestimos nossas roupas. Não há nenhuma tensão ou atração sexual entre nós, e é como se fôssemos estranhos escolhendo roupas das araras de uma loja. Saímos de casa e andamos um pouco entre as águas fétidas que alagam o Centro da cidade numa cheia incomum. Então nos despedimos cordialmente. O calor do sol e seu reflexo nas águas até o horizonte irrita meus olhos e continua mesmo depois de eu abrir os olhos na cama.

Sábado

"Tédio! Tédio! Tédio!", grita B. pelo apartamento. Não posso culpá-lo. O sol é tão intenso que os tetos dos carros que despontam na vista da janela parecem todos brancos. Nenhuma nuvem no céu. Já não penso tanto no rio, no corpo afundando nas águas e em nadar rumo ao horizonte como se eu pudesse alcançá-lo. Tudo parece hipotético, e me pergunto se as lembranças que tenho são talvez resquícios de uma série que assisti nos anos 1990 ou imagens difusas formadas em minha mente a partir do comentário de alguém. "Você quer sorvete de quê? Tô pedindo aqui do Jamil", pergunta B., tapando sem sucesso o espaço equivalente ao microfone do celular. Sinto o tipo de sono trazido por uma queda de pressão, equilibrado entre cansaço e desmaio depois de ligar o ar-condicionado. "Flocos", respondo, ou acho que respondo.

O que vejo em seguida são diferentes versões da mesma situação, na qual B. compra sorvete por diversas vias: através de um site, por WhatsApp, por telefone e com o poder da mente. Todas as cenas passam repetidas vezes, até acertarmos, embora eu não saiba distinguir o que faz uma delas certa ou errada. Acordo com B. se arrumando na cama ao meu lado, sob um frio artificial e congelante, e um copo de sorvete de flocos estendido no meu rosto, perto demais para conseguir focaliza-lo. O resquício do cheiro do *pipe* deita conosco e me sinto em casa como não me sentia há muito tempo. Isso me assusta mais do que tinha percebido antes.

Domingo

É curioso rever Twin Peaks em 2021. Eu e B. assistimos a três episódios seguidos no domingo de noite e a sensação é de que o mundo percebido pelos nossos sentidos nunca foi tão parecido com a série como é agora. Entre um episódio e outro, comento sobre minha dificuldade de diferenciar sonho e realidade desde o início da pandemia, e o quão ilusória é essa diferença. "Quando dois eventos independentes ocorrem simultaneamente com o mesmo objeto de investigação, nós devemos sempre prestar atenção!", ele responde num gracejo, parafraseando o protagonista, e em silêncio me pergunto para onde eu irei hoje quando dormir.

Depois de fumar um pouco, fico sentada numa cadeira de balanço num lugar muito parecido com a Praia de Laranjeiras, em Balneário Camboriú, com um gato branco e um cachorro salsicha que não são meus no colo. "Aqui estamos nós, do outro lado", digo a eles, baixinho. Eles parecem um vídeo de Reels do Instagram, tão fofos e bonzinhos, remexendo-se em movimentos repetitivos, e tomo cuidado para que nenhum dos dois caia das minhas pernas enquanto B. se senta ao meu lado, no chão, e começamos a assistir a um filme de David Lynch numa tevê de tubo.

No filme, Laura Dern é a protagonista e ela inicia um passeio numa montanha russa cujos trilhos passam pelo meio da mata, no entorno de um grande morro. O trajeto é íngreme, e ao esticar o pescoço, vemos as rochas e a areia lá embaixo, entre os galhos da encosta. Basta um movimento assim para que eu me torne Laura Dern, e agora eu vejo a mata através dessa câmera subjetiva de sonho, as folhas tão rápidas passando nas laterais do meu rosto que não me é possível entender bem o que são aquelas manchas verdes. Fecho os olhos e foco no som do mar, alto e estridente, perto demais para ter nexo. O carro ganha velocidade, e quanto mais acelera, alucinações e pesadelos tomam os lugares das folhas, numa profusão atordoante de imagens. Longe de sentir medo, elas me dão certo alívio e as leio como um entretenimento durante a noite inteira, até acordar renovada no dia seguinte.

Segunda-feira

Na hora do almoço, sigo para uma mesa do refeitório com o Z. No caminho, observo uma moça do outro setor e seu marido que também trabalha ali. Lembro de quando eu também trabalhava com meu ex, e como nos comportávamos de maneira cordial mesmo após consecutivas brigas e traições da entressafra que antecede as separações. Olho para eles e me pergunto quanto tempo falta. Z. parece perceber e solta uma risadinha maldosa; sei que ele não dispensaria um encontro furtivo com o marido daquela moça, mas não é o meu caso. Entrego-me com preguiça às garfadas de frango e salada, pensando no cigarro pós-almoço. Quanto tempo falta? Olho para a janela. O mesmo sol que banha tudo de branco.

Pela tarde, converso com meu professor pelo WhatsApp. Parabenizo-o pelo seu aniversário e penso em mandar uma imagem do Mad Max original, com Mel Gibson e a jaqueta de couro, fazendo alguma piadinha meio idiota sobre ser o mundo pós-apocalíptico no qual iremos nos encontrar quando for mais seguro viajar para São Paulo. Desisto da ideia e logo volto ao ajuste do roteiro do comercial sobre formas de pagamento da loja de varejo no qual trabalho. "Onde e quando você precisar, estamos prontos para atender você. Vá até uma de nossas lojas físicas ou compre pelo site, WhatsApp e televendas", de novo e de novo e de novo e de novo e de novo.

À noite, de imediato sei que estou sonhando, porque ainda estou no trabalho. Converso com o marido da moça do outro setor e ele me mostra seu organograma secreto, que detalha as pessoas que transavam umas com as outras no trabalho. Acho a atitude ridícula e fico pensando em como me vingar dele, mas constato que ser vingativa não é mais uma característica minha há anos e desisto. Saio andando da agência e topo com minha avó por acaso numa calçada do conjunto.

Vovó, cheia de vigor e bem-humorada, brincava de se deitar no chão, formando asas de anjo em suas costas, para depois se cobrir de terra. Ela me convidava a fazer o mesmo e pensei seriamente em aceitar, declinando em seguida. "Ainda não é a hora", respondo. "É, eu sei", ela comenta, cada vez mais tingida pelo barro meio alaranjado do chão. Temos então uma longa conversa sobre plantas, e como mais uma vez não nos lembramos do nome de nenhuma, vamos descrevendo suas folhas, caules, flores e eventuais frutos. Vovó então vira o Chapeleiro Maluco de Alice no País das Maravilhas e sai voando. Vai alto, muito alto, até virar uma poeira rosa que deixa um rastro fraco no céu. Fico feliz por ela não estar mais suja de terra, o que comento calmamente com meu pai, que por algum motivo também está passando por ali. "Por que você não está de máscara?", pergunto a ele, mas papai não sabe responder e me lança um olhar muito triste. Ele está décadas mais jovem e parece muito com o Mel Gibson, o mesmo cabelo e até a jaqueta de couro, apesar do calor. Seguimos andando devagar pelas ruas desertas, o sol a pino, o céu branco ainda manchado de rosa. Acordo. B. na mesma posição de todo dia, as costas quentes viradas para cima, e a mancha de mofo no teto talvez esteja tentando me dizer algo.

Acontece o deserto

Kitty, Little Cindy, Angel Deville e Courtney Squirt sobem na cama *queen size*. As rochas do deserto californiano despontam do reflexo na janela e são as últimas guardiãs do meu sono. Sigo a pan com os olhos sobre suas pernas entrelaçadas na confusão de rendas e tiras de couro. É um toque de poesia, apesar das lentes purificarem suas formas de qualquer imperfeição e humanidade. Empurro pílulas goela abaixo com um copo d'água e as goladas parecem cimento.

Ao escolher esse vídeo nos Xvideos, sinto como se tocasse a campainha de velhas amigas. A velocidade do vibrador regulada eternamente no oito, o infinito de um pôr do sol alienígena ao fundo, enquanto o clitóris automatiza uma resposta. Atravesso os cômodos da casa de linhas arrojadas graças ao fluxo daquela orgia: suíte principal, quarto de hóspedes, cozinha, sala de estar. Com seus squirts, Courtney Squirt lava as portas de correr de vidro que dão para a varanda. Os cabelos de Kitty têm o mesmo verde pálido dos olhos e dos arbustos lá fora.

A trilha goteja batidas sombrias que ficam entre ondas bineurais ou um álbum com as melhores do Portishead. Vem-me à cabeça a imagem de um martelo que bate no joelho do paciente e o salto do nervo. Depois, a selfie de Martha sem calcinha sob o uniforme de recepcionista no saguão do hotel, seus pentelhos pixelados pela baixa qualidade da câmera frontal e um tipo de escuridão esverdeada ao redor dos cabelos cacheados. Às vezes cometemos os maiores erros assim, seguindo o fluxo de uma Batida Muito Maior Do Que Nós. Você me prometeu que não ia ser assim, sua escrota do caralho. Você me prometeu. Um ano de puro delírio. Martha e suas mil maneiras de me surpreender, seja com o silêncio do café da manhã ou com as declarações de amor alimentadas por cogumelos e pela adrenalina de seu exibicionismo nas vans de traslado. Já houve um amor assim. Mas não há certeza de que tenha sido nosso.

Salve-me, Kitty, salve-me, Little Cindy. Mas agora elas apenas mastigam chicletes e arrumam os cabelos uma da outra. O super close em suas virilhas próximas demais sob os lençóis de seda. Em seguida, Angel Deville encara a câmera com uma tristeza infinita, ou seria um olhar sensual? Ela sabe como é, tenho certeza. Ela tem o olhar de quem se deparou com a Sua Própria

Martha algumas vezes no passado. Meu detalhe favorito é o fiapo da peruca rosa e pálida pregado no excesso de gloss nos lábios. Kitty se aproxima, cospe neles e a cena se desfaz em bolhas e dissolvências. É genial, angelical. Tudo está em ordem novamente. Minha glândula pituitária decerto começa a liberar endorfinas, ocitocina e vasopressina. Em breve, Martha se reunirá com os outros elementos de um quadro intangível e irrelevante ao qual chamam realidade.

Quando olho para o lado, a pequena Little Cindy segura minha mão, uma que eu não sabia que tinha. Suas pupilas dentro de rasgos nipônicos, duas não-pálpebras, ocupam os globos oculares inteiros, e toda a sua pele virou um filme plástico sob o qual se movem as raízes de uma estranha vegetação. A única coisa que prende a forma humana ao corpo de Little Cindy são as faixas pretas de couro que envolvem suas coxas, cobrem seus mamilos e separam seus grandes lábios junto com as argolas metálicas de seus adornos, tantas que é impossível contar. É como sei que está dando certo.

Little Cindy sussurra, mas o quê? Preciso me aproximar de suas unhas postiças para ouvir, pois é dali que vem o cântico vermelho: "não seja póstumo. Permita-se um interesse vivo. Não abuse da morte". Ao qual eu respondo um mantra mudo: "mesmo numa ampulheta fechada acontece o deserto". E a cada vez que repito a frase, minha cabeça se recosta mais no tórax reto e úmido de Little Cindy, tanto que, a ponto de destroçá-lo, percebo que, na verdade, minha cabeça se enterra nele como se eu a ofertasse à terra em sacrifício, e sua mão na minha segue o mesmo fluxo. Atravessa-me a Little Cindy, e caibo nela como num caixão, porque ela, diminuta, expande-se, alargando as ancas para alocar as minhas. Seus ângulos se tornam retos, seu interior, forrado de seda, e por trás da tampa aberta do caixão desfilam as mesmas pessoas, de novo e de novo e de novo: Kitty, Angel Deville e Courtney Squirt, que rega as flores do meu túmulo com seus squirts.

A cena perde o brilho e apita. Bateria: 5%. A diferença que isso faz na tela revela o bigode chinês de Courtney Squirt e finas linhas de estrias nas coxas de Kitty. Ligo o interruptor da luminária com dificuldade e sou atingida pelo brilho de 40 mil sóis direto nas lentes dos óculos, ou assim me parece. Consigo discernir apenas cacos do entorno: o lençol de microfibras tem tantas bolinhas ásperas e farelos de nuggets que me sinto deitada numa cama de faquir. Um bicho me pica o braço, mas ao passar a mão para espantá-lo, descubro ser o plástico de alguma das várias latas de Pringles enfileiradas ao lado da cama. Meia garrafa de Merlot segura as páginas de beiradinhas amarelas com *Selected Poems of Ewa Lipska*. Recosto-me, encaro o dossel, não, não é um dossel, são teias e mais teias de aranha que se estendem do armário ao varão da cortina. Alguém mais cuidadoso com esses pequenos detalhes costumava viver aqui, mas não consigo me lembrar muito bem quem era. O espelhinho ao lado da porta mostra um rosto de poucos amigos, a franja azul pastosa sobre minha testa esconde os olhos sulcados e uma total ausência de ousadia. Com o tempo, a gente encontra formas de fazer com que decorem seu nome, mas elas sempre se esquecem.

Ao conectar o carregador no aparelho, o celular vibra em minhas mãos na frequência do dildo que, a essa altura, já está quase nos joelhos, coadjuvante. A Terra volta ao eixo original quando volto à escuridão. Sinto, no entanto, certo enjoo, como se partisse para o terceiro prato de um jantar dançante num navio engolido por uma tempestade. O brilho da tela é meu farol, um amparo débil que roda e geme. "Mais, mais", e acho que vou vomitar. Agora é Angel quem vem ao meu socorro.

Angel Deville enfia os dedos fundo na minha garganta. Sei porque sinto as marcas da base de seu anelar e indicador me roçando por dentro. Fixo os olhos no vídeo, é minha única chance. Nele, as outras três se enroscam, formando um tríscele com pontas balançando entre os fios da cortina de cabelos rosa. Elementos improváveis se misturam à seda e a noite iminente engole o deserto enquanto sufoco sob espasmos e espuma. "Há em ti cada vez menos leucócitos de luz", diz Angel, limpando os dedos na fronha que cobre metade do travesseiro.

É quanto Courtney Squirt entra em cena. Seu bronze atlético me carrega do quarto às pressas. Angel me despe com vigor, coloca-me em meu colo maternal repleto de rendas e laços, e as outras três apenas assistem, com a curiosidade de crianças, meu transporte para uma maca. Com seus squirts, Courtney me lava dos pés à cabeça, prende-me a eletrodos, e juntas entoamos o Velho Mantra por noites e noites: "mesmo numa ampulheta fechada...". Com o passar do tempo, o resto dele vira uma batida compassada e minimalista, um simples beep que atravessa vozes indiscerníveis.

Abro os olhos entre o rascunho de murmúrios num corredor. Ainda me sinto um pouco grogue com os remédios, mas lúcida o suficiente para reconhecer, no borrão que me envolve a ausência dos óculos, a forma fofa e cheia dos cachos de Martha, dormindo na poltrona do acompanhante na enfermaria. Ela baba no forro, o rosto encostado no plástico e a bunda descomunal virada para cima. Nenhum sinal da marca da calcinha. A Terra volta ao eixo original, mas sinto apenas muito sono.

Emily bay

Salvar como: ...

O espaço em branco me aguarda nomear o rosto na foto. *Eu.png*, na falta de algo melhor, ainda atordoada pela descoberta de que minha exata cópia, salvo a aberração do ângulo do olho esquerdo, ilustrava, como autora, um artigo propondo uma espécie de releitura da Conspiração Judaica pela Dominação da Alemanha.

O artigo, por sua vez, era citado numa reportagem sobre *fake personas* em sites de extrema direita. Na *Eu.png*, Emily Bay encara a câmera com as curvas das minhas pálpebras. Um pouco afastadas entre si, entregam não uma falha de composição, mas meu rosto feito de carne, membranas e alguma autenticidade. Já a boca tem uma camada de cor que dá ao meu rosto de sardas suaves um aspecto saudável. Acima dela, as narinas bem abertas, como que buscando transcender a máquina. Nosso cabelo molda-se para trás sob o efeito de uma brisa petrificada.

O que mais aprecio em Emily Bay é seu caráter incisivo. A cassação de direitos básicos dos judeus surge num vocabulário preciso, como que para assinalar que tudo que dizia era tão óbvio que pouco prescindia da linguagem. As frases são curtas por opção, prevalecendo o ponto em detrimento da vírgula, como no início do artigo em questão: *Começara pelo medo.* Isso dá à construção um peso dramático extra ao constatar que não há liberdade, igualdade e fraternidade na natureza, ao contrário do *desqualificado ideário judeu que moldou a nefasta Revolução Francesa.*

Minha dissertação pisa no terreno da aprendizagem de máquinas, e as aplicações da StyleGAN2 para gerar fotos *fakes* não me é novidade. A novidade é que, dentre outras combinações que não a dos meus pais, lá estava a minha face, dando forma a ideias sombrias com uma paixão que me falta em tudo. Muito cedo foi tarde demais em minha vida, mas não para Emily Bay.

Seus artigos abarcam da questão judaica para a epidemia da transexualidade no Ocidente — este último, apenas para frisar a excelente escrita, termina com *Estamos juntos na vergonha de sermos obrigados a viver a vida.* Cada texto seu é mais absurdo que o outro e, por isso mesmo, mais convidativo. Li tudo, restando-me, ao final, encontrar seu currículo no LinkedIn. Além disso, nada mais existe de Emily Bay além de mim, e minha vida se resume a rodar simulações de softwares para finalizar a pesquisa do mestrado. Eu não estou interessada.

Passei a ficar horas no *thispersondoesnotexist.com*. Aperto o F5 aguardando a combinação que, por milagre, bateria pessoas num liquidificador até que Emily Bay se revelasse novamente. Sem resultados, faço outra busca, dessa vez por imagens, a partir da foto salva no computador. E qual não é minha surpresa ao descobrir que não apenas eu sou Emily Bay, como também Marguerite Duras, morta no dia em que nasci: 3 de março de 1996.

Marguerite é escritora, então compro seus livros, várias edições, algumas em francês. Devoro-os. Como Emily Bay, ela lida com as palavras como se fossem seu algoz. Estava presa e liberta por elas, numa Síndrome de Estocolmo linguística. Sua *cinécriture*, porém, finca-se no tema da incomunicabilidade, o que confirmo ao baixar seus filmes. Demoro um tempo até parar de confundir sua voz com a de Jeanne Moreau ao cantar *India Song*. Detesto-a.

O cerco se fecha, ou melhor, expande-se. As palavras de Marguerite muitas vezes se confundem com as de Emily Bay, e eu as identifico em postagens antigas das minhas redes, embora sempre com sentidos diversos. Por exemplo, no trecho *O rosto está entregue ao sono, está mudo, dorme como as mãos. Mas o espírito continua a aflorar à superfície do corpo, ele o percorre inteiro*, Emily aborda a falta de encaixe das pessoas trans em sua noção de binarismo puro, Marguerite descreve um detalhe da doença da morte e eu o trago, com os devidos erros de digitação, num *tweet* de 2017.

Mas ao debruçar-me sobre Marguerite, Emily Bay dissolve-se, torna-se nada além de uma sombra da qual eu sou a sombra. Ao contrário de nós duas, Marguerite oferece algo novo: um ciclo completo, de nascimento, vida e morte, da fotografia ao lado da mãe ao rosto de rugas retratado amplamente por décadas. Coincidência ou não, Emily Bay desaparece da web pouco tempo depois da revelação da escritora. É como se jamais tivéssemos existido. Marguerite, por sua vez, tem mais de sete milhões de menções no Google, o que me mantém ocupada a ponto de abandonar a dissertação.

A única coisa que me incomoda em Marguerite é que, ao contrário de Emily Bay, ela se recusa a adentrar no século XXI. Seu rosto em preto e branco predomina, ainda que experimentos cinematográficos como *Le Camion* a mostrem em cores, já idosa. É o impulso que faltava para me dedicar à criação de *deepfakes*. São tantos os aplicativos disponíveis hoje, e de tão fácil uso, que a decisão apenas escancara minha apatia. Meu desejo é uma completa mescla entre nós duas, além da aparência e da memória.

Começo por brincadeiras simples, como a composição de *gifs* a partir de *Le Camion*. É assim que eu, jovem, posso adentrar em cena com Gérard Depardieu. Com um pouco mais de prática e melhores aplicativos, recrio pequenos trechos do filme em que leio, em português e com minha própria voz, o *script* que eles estudam no longa. Dominando as ferramentas, mudo o enfoque para algo mais ousado: filmo a mim mesma em tarefas como lavar louças ou cantarolando uma canção das paradas de sucesso e coloco em mim meu rosto de Marguerite quase ao fim da vida. Num deles, a escritora dubla *New Rules*, da Dua Lipa. Mas não estou satisfeita. Nunca. Nunca.

As latas de energético se acumulam na lixeira, junto com os copinhos de iogurte. São minha única refeição em dias. As prateleiras curvam-se sob o peso dos livros e da poeira. Uma única luz brilha na quitinete de vinte metros quadrados: a tela do computador no qual costuro um cuidadoso *deepfake* de Marguerite num *gang bang* com seis senhores russos. Vestimos nada além de um cardigã bege e meias três quartos vermelhas. O sangue flui vivo nas bochechas coradas, mas os olhos têm um aspecto morto. A boca parece gritar sem ruídos. Um vulto passa para o banheiro. Seria Emily Bay?

Madnaus

Melody Nelson tira o capacete pela primeira vez em um bom tempo. Ela se vira devagar e é estranho. Melody Nelson não faz nada devagar. Com um terçado na mão, ela pode te partir no meio como um deus. Sim, Melody Nelson é um raio. Mas agora, a rotação de Melody Nelson é lenta como água. Nua, seus seios enormes descem quentes sobre as costelas cheias de cicatrizes, e o púbis é farto e negro. A mistura de marrom e azul que algumas noites dão a ela, penso, é a mistura da Lua no rio. Seu cateter dourado-translúcido sai do canto do olho esquerdo e brilha através da fogueira. É seu anel de Saturno. Quando Melody Nelson termina o giro e me encara cheia, vejo lágrimas descendo dentro dele, direto do canal lacrimal. São gordas como pérolas. Alcançam a altura da bochecha dentro do cateter e a sucção do aparelho lança as gotas para o reservatório da mochila. O transe de Melody Nelson dura um minuto, e no tempo certo, as lágrimas nutrirão o raminho que ela leva nas costas. Ele se chama Vó.

A refeição está servida, anuncio. Melody Nelson liga os motores da Velocycle para acender os holofotes sem medo de que estranhos se aproximem. Afinal de contas, quando o odor de carne humana ressoa nas noites quentes de Madnaus, ninguém se atreve a chegar perto das Icamiabas: mendigos correm para longe, bêbados retomam a lucidez e nem o deus dos Ungidos é o suficiente para protegê-los de nossa ira. A luz é tremenda; a fogueira, cenográfica. Assim, no estacionamento da loja de conveniência abandonada, ali pelas bandas de Neocoroado, trançamos nossos longos cabelos negros e trocamos nossas vestes, eu e Melody Nelson, pela argila branca e dura que recobre nosso corpo inteiro.

Para cada pedaço de carne humana degustado, fazemos um registro em nossos Slavephones e as coins chegam aos montes na conta de Melody Nelson. A foto que mais rende é justamente a encenada, o clássico Subway. O Subway é quando colocamos o braço do Ungido caçado dentro de um baguete. Arrecadadas as doações de coins, desligamos os aparatos e relaxamos. Melody Nelson senta na calçada para chupar os dedos cheios de gordura tostada do Ungido e eu raspo o restinho do cérebro dele no fundo da panela. Por fim, coloco o capacete e subo na Velocycle de Melody Nelson através da noite, esfregando o terçado no pouco de asfalto que resta nas pistas de Neocoroado, rumo ao esconderijo. Ela cantarola uma canção do tempo antigo. O sol é raro e a felicidade também, diz a letra, e sua voz grave ao ponto do absurdo é perfurada pelo vento pesado que desprende a argila de nossos corpos e nos encaixa na garupa da escuridão.

De dia, o Deus Sol nasce e ilumina Melody Nelson e suas lágrimas infindáveis. Elas descem do olho pelo cateter dourado, mas se desfazem nos ombros, porque a mochila com o reservatório e o vasinho com a Vó desapareceu. Agora, Melody Nelson é leve e chora, exala grunhidos de um bicho que eu ainda não tinha conhecido nela. Baby Love, oh, Baby Love, onde está a Vozinha?, ela me pergunta, e o som que faz é como ouvir um porco dizer suas últimas palavras. Sem perder tempo, varro o perímetro com olhos e ouvidos, passo a fuça ao chão, farejo em busca de sinais do raptor, parando apenas para colocar um reservatório improvisado nas costas de Melody Nelson. Vamos guardar essas para quando a Vó retornar, digo, e encaixo o cateter num galão empoeirado.

Rastros, fibras, carne jovem, esperma. Cheiro de homem vivo dá ânsia de vômito e preciso parar um segundo antes de continuar. Melody Nelson já transformou suas lágrimas em movimento, o que quer dizer que ela está muito puta. Ela é o ódio. Quem quer que tenha levado a Vó, está morto, e o prenúncio da carnificina me energiza. Somos tubarões num laguinho, temos mil dentes triangulares e não há homem em Madnaus que consiga se esconder de nós. No tempo antigo, Melody Nelson e Aquelas Antes de Nós já tiveram missões mais difíceis.

Conta a história de novo, Melody Nelson, eu peço, o nariz ainda a postos, sanguinário, não importa a direção do vento ou o cheiro de lixo e cadáveres na estrada.

Qual delas, Baby Love?

O Gênesis!

Que assim seja, criança. Estas são as palavras daquela que tem as sete estrelas em sua mão direita e anda entre os sete candelabros de ouro, Melody Nelson responde, soltando-se de mim por um segundo na traseira da Velocycle lenta pela estrada de barro e caquinhos de asfalto. As mangas da jaqueta caem e revelam sete estrelas em um braço e sete candelabros no outro. Vejo, entre os cheiros e a ira, os traçados verdes e grossos de cada desenho. São como lodo nas paredes de um templo destruído. Ela começa:

No tempo antigo, Baby Love, Neocoroado, em Madnaus, era parte de uma coisa chamada Cidade, então chamada Manaus. A mata ficava separada do pavimento e nenhum caminho levava ao rio. Havia regras, normas, procedimentos, termos vazios escritos em algum lugar que se acreditava tecer o Destino. Quando veio a Praga, nós éramos muitos, com muitas mulheres. E a Praga fez com que parte de nós ficássemos trancadas numa coisa chamada Casa, enquanto outros saíam na busca de mantimentos. Passei muito tempo na Casa, eu, Vó e outros. Dentro da coisa chamada Casa, havia uma coisa chamada Televisão, e dentro dela, uma coisa chamada Xena, a Princesa Guerreira. Eu e Vó sentávamos na frente da coisa chamada Televisão por um bom tempo, e Xena, a princesa forjada no calor da batalha, mudava o mundo aos domingos. Vó prestava muita atenção, e me recontava trechos daquilo que tínhamos acabado de assistir. Depois, íamos regar as plantas, e vó tinha muitas, porque no tempo antigo, era isso que as velhas faziam. Elas não ensinavam a matar, nem escalpelar homem, ou como consertar uma Velocycle. Elas nutriam, e se algo estava vivo, era porque, em algum lugar, uma Vó ajudava essa coisa a viver. A casa, então, era nossa bolha dentro da Praga, e assim ficamos por algum tempo, a salvo, esperando tudo voltar ao que era antes e regando as plantas, não essas que você vê por aqui, tucumanzeiro, angelim, embaúba. Eram plantas de longe, com flores finas como pele de bebê, flores não de comer, embora fossem vermelhas como carne, mas só de olhar. Só que nada voltou ao normal. Ao invés disso, as pessoas saíam da coisa chamada Casa por qualquer motivo, e com isso, muitos convidaram a Praga para dentro de seus espaços limpos, tudo com a conivência dos Velhos Líderes. Eles eram poucos, mas tinham poder; já o resto de nós, bem, nós éramos muitos, mas não sabíamos que tínhamos poder até ser tarde demais. E quando o Mundo Antigo começou a se parecer com o de hoje, só que novo, as mulheres ficaram com raiva. Exauridas de cuidar das coisas chamadas Casa enquanto seus homens traziam a Praga para dentro, elas os mataram, criando a nossa Tradição das Icamiabas. As carnes doentes dos homens alimentaram nossas ancestrais, e elas viram que era delicioso. Quando já quase não havia mais homens, cobiçaram as carnes dos Grandes Líderes, devorando-os um a um. Foi nessa época que a Praga matou a Vó. Ficaram apenas as flores de olhar, mas Melody Nelson não aprendeu a nutrir e delas restaram raminhos murchos e insistentes, da qual a nossa Vó na redoma de lágrimas é filha da filha da filha da filha e por aí em diante. E junto com Melody Nelson os raminhos assistiam, através da coisa chamada Janela, na coisa chamada Casa, tudo morrer lentamente de medo, de saudade e de fome, tudo de uma vez. Foi quando a Suprema Delanóia encontrou esta Melody Nelson aqui pela vontade da Grande Lua, e cuidou dela. A Suprema Delanóia em farrapos, com aranhas saindo dos cabelos e dentes faltando, em cima da Motocicleta Suprema da Zona Franca de Madnaus. E Suprema Delanóia levou a pequena e lisinha Melody Nelson para a coisa chamada Casa de um Grande Líder, e ali a ensinou a matar. E sua pequena Melody Nelson olhou nos olhos dela e aprendeu, e assim foi até Delanóia virar poeira das estrelas, e assim será quando Melody Nelson se for e a pequena Baby Love acabar com todos eles, porque somos todas uma, e toda a Madnaus é como que uma coisa chamada Casa agora, e ela será nossa quando acabarmos com todos os Ungidos que ainda levam a Praga aos seus. Porque quem adora ao Deus Morto só pode morrer mal. Essa é a vontade do Deus Sol, que fez as Icamiabas comerem de carnes doentes e continuarem vivas.

Melody Nelson termina a história e tenho certeza que reencontraremos Vó. O cheiro é forte, o raptor, próximo. E por isso Baby Love é nome de quem fareja: cheiros são tolos e sinceros como bebês, e eu amo isso. Acelero. Ao sentir a velocidade nos cabelos sebosos, Melody Nelson ri. Passa seu terçado pelo ar. Posso vê-lo refletir o branco escaldante do Deus Sol pelo retrovisor por um segundo, transformando a mata que engole as ruínas de Neocoroado num clarão de esquecimento.

A fila para o Necrobanco está vazia, restaram poucos de nós para retirar suas coins pelo Caixa Lento. Aleijados se misturam a viúvas e os menininhos agarrados nas barras de suas saias decrépitas escondem-se por de trás de suas pernas. Eles sabem quem somos e escondem seus símbolos do Deus Morto na gola das camisas pequeninas. Nossas vestes de couro falso pretas, pregadas ao corpo dos pés à cabeça, e o rosto pintado de urucum da testa ao nariz, dizem: eu vou matar você. Olho bem para os pequenos. Suas carnes são tenras, mas não é isso que procuramos agora. O cheiro vem mais da frente, e já farejo seu tremor. Sobe pelas canelas, que suam no meio dos pelos. É jovem e burro. A mochila, a corcunda. É Vó.

Ainda na garupa da Velocycle, os passos silenciosos do homem são o alvo da lâmina de Melody Nelson, que rosna por trás das dobras de seus joelhos. O homem cai no chão, um corte rápido que sequer gera gritos e de alguma forma Vó já está em mãos novamente, o plástico ainda morno de lágrimas sob meus dedos. Somos uma só agora, eu e Vó. Já Melody flui como música, tão precisa que só o movimento anormal do corpo do homem na fila dá pistas de que o Deus Sol decidiu seu destino. Crianças choram e mães correm. Salve-se quem puder, dizem meus olhos ao encará-los.

Melody Nelson não tem pressa. Tira-lhe o escalpo com a precisão de um terremoto. O homem ruge, ronca, silencia, e quando ele parece partir de vez, ela o faz voltar para o resto de sua Morte por Mil Cortes. São horas lentas, que conheço desde criança, tão grandes que a fila do Necrobanco volta a formar logo ao lado. Todas mulheres, como nós, aproveitando aquele ser o momento mais seguro para estar ali, pois sem homens ao redor, a Praga, o estupro ou o roubo não as afligiria. Por mais que elas temam o que veem, também sentem uma grande paz, porque toda a mágoa do Deus Sol cai agora sobre um ser apenas, o ladrão de Vó. Bolinhos de pele arrancada do homem formam no barro uma espiral engraçada. São como um rolo torto de lábios vermelhos. Olho para Vó e percebo nela a mesma forma. Finalmente aprendo como é uma flor de olhar.

Rios voadores

Tupana iukú kaape, aé paranã upé. Iuku ixé pupé. Oh yeah! E uma a uma, elas tomam um gole da bebida sagrada, o gosto podre revestindo as gargantas entre a cantoria. A voz de Melody Nelson se destaca entre as demais e suas famosas lágrimas são encobertas pela nuvem que lhes retira qualquer visão. O sol é uma promessa longínqua no horizonte de um verde fantasmagórico.

Esse é apenas o começo de um longo e elaborado trabalho. Por dias, Melody e as demais evitaram comer carne de homem, tida como impura, e não trocaram nenhuma palavra. Afinal, o verbo é para o rio, para fazer salivar com a baba celeste a boca das folhas das árvores. Ali, separadas do solo pelos 700 degraus precários da Torre de Solene Observação, as Icamiabas anunciam o transe que leva um clamor aos céus. Pedem das árvores a regeneração total. Pedem que babem muito, que perdigotos inenarráveis dancem no céu mais alto que a torre, tão longe que seus dedos cobertos de tabatinga não conseguirão mais tocar a umidade. Que os ventos levem a baba para as montanhas que viram apenas em sonhos, que as montanhas a empurrem de volta e façam crescer ainda mais as árvores, que a caça seja farta como já foi um dia, e que possam comer os homens apenas por prazer, e não por ódio. Porque se as Icamiabas os devoram, é porque merecem. Porque carregam doenças, não sabem governar e nem cuidar dos pequenos. Porque eles já não nos protegem mais.

Mal se vê o gesto de partilha da cuia. O movimento das mãos some e desaparece ao sabor das nuvens que ora anunciam, ora recobrem a lua crescente. E por alguns segundos, na medida em que a bebida começa a fazer efeito, as pontas dos dedos, brancas da tabatinga, acendem-se em tochas craqueladas. E finalmente as lágrimas de Melody Nelson se revelam. São coloridas como madrepérolas, como pavões em chamas.

Quarenta e dois metros abaixo da Torre de Solene Observação, Baby Love tem a inglória tarefa de aprender. E a coisa chamada aprender é estar alerta, de arco e flecha na mão, terçado na cintura e toda sorte de apetrechos mortais embutidos na jaqueta falsa de couro, atenta a qualquer movimento. Os motores e os faróis das Velocycles bem adormecidos por trás das trepadeiras que engolem a torre. Mas a Baby Love dentro de Baby Love está muito acordada, seja pela tarefa, seja pela criança já grande em seu ventre, que parece querer expandir-se para além de seus limites a qualquer momento.

Baby Love faz suas primeiras contrações permanecerem invisíveis na escuridão de sua imobilidade. Porque dentro dessa imobilidade ela esconde também a lembrança de como era doce a baba que jorrou do Homem. De como a tomaria toda, se pudesse. De como abraçou o Homem ao invés de devorá-lo, como faziam as mulheres no tempo muito antigo, e o deixou fugir. De como naquele dia a cara do Homem, cheia de pelos grossos que outrora lhe fariam vomitar, deu-lhe vontades de levá-lo aos seus furos, boca, rabo, poros, até que seu cheiro fosse o dele. De como ela riu de se ver precisando do Homem quando ele lhe entregou o fruto no ventre, aterrorizado.

O que se sabe de um homem? Para Baby Love, é sobre o preparo: que, longe das câmeras, o homem é um alimento especial, de onde se sorve a coisa chamada Vingança, que é saborosa e alimenta por dias e noites. Que os braços, cortados rente ao tronco, são carregados pela icamiaba responsável por sua morte para abanar a cabeça das demais. Que a carne é assada, para alegria de todas. E que os miolos engrossem o caldo servido na Grande Cumbuca da Sabedoria, reservado às meninas.

Mas o Homem foi outra história. O Homem veio de longe, é certo. Porque o indicador de Baby Love apontava árvore e o dele apontava *weide*. O dela *rio*, e o dele, *abwasser*. O som de Velocycle que saia da garganta do Homem quando seu indicador impecável batizava as coisas chamadas outras coisas. Ele também era branco, muito branco, como se estivesse coberto de uma fina camada de tabatinga úmida, e seus cabelos amarelos ao sol do meio-dia cegavam. Tinha que ser ele e dele a criança que deveria gerar. Porque era tempo, e porque ele girou uma ignição em Baby Love quando olhou, com seus olhos brancos, os olhos pretos dela, com o profundo ódio das coisas que queremos muito.

Baby Love sente cada lembrança e cada temor, mas seu corpo age apenas em função de proteger a torre, no automático. Seus pensamentos são como o vento que, na Velocycle fundo na estrada que corta a floresta, lhe bateria na cara e entrelaçaria os cabelos, secando-lhe os olhos pela incapacidade de pará-la. A coisa chamada aprender também é um tipo de pilotagem, constata Baby Love, deixando uma contração engolir o sorriso dentro de sua boca.

* * *

Tupana... Melody Nelson luta para pronunciar os versos corretamente para a baba celestial... *Tupana iukú*... mas a verdade é que, horas após o início do rito, a cantoria compassada é apenas um murmúrio desconexo, e ela própria parece transmutar-se em uma coisa chamada gotícula... *kaape!* Suas lágrimas correm frouxas por fora do pequeno duto que liga seus olhos ao aparato preso em suas costas como mochila, encantando suas parentes. Elas bem sabem que, normalmente, as lágrimas de Melody Nelson alimentariam Vó, a delicada coisa chamada flor ali guardada perto de si. Mas não hoje. É chegado o momento de tudo fazer salivar a boca das folhas.

A manhã se aproxima do êxtase na torre com timidez, e com ela a grossa cortina que evapora das folhas. Ela se desprende das copas das árvores, brancas e lisas como se um fantasma tomasse banho. Mas ao invés de cair no chão, a água sobe aos céus e dá um ar melancólico às franjas da alvorada. O que pensa a baba sobre o micélio?, pergunta-se Melody, sabendo que a pergunta lhe veio de alguma outra cabeça, talvez da própria floresta.

A noite cede espaço rapidamente a um céu de pedra da lua, cada vez mais laranja, azul, branco, cinza. Por isso, as Icamiabas metem as mãos em cuia nas grandes cumbucas de água. Banham-se, alegres, com risos silenciosos para não perturbar o despertar sonolento da baba. Ainda úmidas, as mãos agora retiram o excesso de água de seus corpos nus e mergulham na cumbuca de urucum, de onde saem vermelhas para recobrir os ombros, pernas, seios e até mesmo os cabelos. Pouco tempo passa até que elas se tornem um exército em carne viva. Exaustas, as Icamiabas deitam-se para dormir e tingem o chão com seus vultos. Bem-te-vis ameaçam um gavião para bem longe dali, garantindo que o rio voador permaneça intocado até finalizar o seu curso.

Apenas Melody fica recostada no gradil da torre, o metal separando o seu peso da morte, assistindo o lento sonhar das folhas. Em agradecimento, elas lhe sussurram: *sechshundertsiebenundachtzig, sechshundertachtundachtzig, sechshundertneunundachtzig...*. Melody ainda está juntando as sobrancelhas na tentativa de entender o que as folhas dizem, quando ouve o sopro de balas disparadas com silenciador. Gira o corpo já correndo, porque não faz nada devagar, vai em direção à sua jaqueta de couro falso, onde, pelos seus cálculos, a zarabatana que daria conta do Grande Recado lhe aguarda. Soprar primeiro, cozinhar depois, esse é o lema, e é assim que Melody acerta o dardo venenoso pra valer no olho branco do homem que ousou profanar a Torre de Solene Observação. Melody gargalha e chora com as folhas, pensando na querida Baby Love, enquanto as parentes restantes gritam: morte à Melody Nelson. Vida longa à Suprema Melodia Voadora! Agora só lhe resta rasgar o homem para o ciclo de vida e morte, nascimento e assassinato.

* * *

A cabeça do bebê pressiona todos os pedais de Baby Love. É como se passasse uma marcha muito baixa numa velocidade bem alta. Quinta, quarta, terceira, segunda, primeira! Primeira! Primeira!, sente Baby Love. Por baixo das folhagens que recobrem as Velocycles, ela há muito desistira de segurar com mão firme o arco e a flecha, faltando-lhe forças para mirar no invasor que se aproxima.

Ela consegue, no entanto, manter-se muda. De cócoras, resta-lhe escorrer a dor e outros líquidos, os olhos revirando brancos numa tentativa de absorver a manhã fora do esconderijo. Se Baby Love ainda conseguisse prestar atenção, ouviria as solas das botas do invasor falando *eins, zwei, drei, vier* e assim por diante, até sumirem nos degraus rumo ao topo da Torre de Solene Observação.

Mas Baby Love não é de ouvir. Ela é de farejar. E foi assim que sabia, sem jamais ver, e mesmo com a Água de Criança lhe jorrando pelas pernas, que o invasor se aproximava. Que seu cheiro era branco. Que também era marrom como sua pele. Que eram frescas as gotículas de sua baba de homem sobre o tecido das calças. Que tinham a lembrança de parentes distantes. Parentes mortas. Que o homem não tem salvação. E que só lhe resta deixar-se rasgar para o ciclo de vida e morte, nascimento e assassinato.

O bebê afrouxa Baby Love por quase uma hora até encontrar seu caminho. Agora, a criança sai mole e o sol entra firme pelas frestas das folhagens, desenhando filetes no tronco das Velocycles. Impaciente, ela grita tudo que a mãe não consegue, farta do esconderijo. Ao levantar-se, o bebê revela seu sexo. Olha no fundo dos olhos de Baby Love, toma-lhe o cordão umbilical e, com uma mordida, liberta-se. Com um gesto, a criança faz a mãe arriar os flancos e adormecer, caminha até sentir em si a baba celestial que envolve toda a torre e diz baixinho: *Paraná wasú kuema yandé.*

E, ao ouvir isso, o rio voador torna-se vermelho, e o horizonte ganha seu próprio feixe de veias.

Uma chance de encontrar uma saída

Centenas de anos atrás, David Graeber cunhou expressões opostas que, se combinadas em determinadas características, descrevem o meu trabalho hoje. São eles: "merda de emprego" e "emprego de merda". O primeiro engloba toda sorte de trabalhos ruins e pouco reconhecidos; e o segundo, aqueles que não tem utilidade nenhuma e existem num mar de burocratização nonsense. Uma diferença entre eles é que a merda de emprego é mal remunerada, enquanto o emprego de merda enriquece muita gente (o que não é o meu caso). Posso dizer então que tenho uma merda de emprego de merda, uma profissão inútil, que paga mal e cuja existência talvez torne o mundo um lugar um pouco pior. Mas minha sorte está prestes a mudar.

Quando entrei na Jetzt, acreditava que muito trabalho e pouco dinheiro era o normal, um status condizente com a posição de uma iniciante recém graduada no Programa de Instrução Teórica e Prática do Curso Para Comissários de Voo Extrafísico. Me sentia sortuda por ter conseguido a vaga logo depois de ter sido aprovada nas avaliações finais da Agência Nacional de Projeção Astral e recebido o certificado médico obrigatório na mesma semana. Quatro anos depois, vi que fui apenas otária. A verdade é que em breve qualquer robô conseguirá fazer o que faço.

"Algum problema, comissária?", pergunta um memorionauta que parece ter quase cem anos. "Quando vamos partir?".

"Nesse exato instante, senhor", respondo bem alto com um sorriso para que ele escute e veja. Então, ajusto um último conector na base de minha nuca, limpo a garganta e dou início à ladainha de praxe para um grupo de mais ou menos 12 pessoas. "Senhoras e Senhores, boa noite. Eu sou a Senhorita Castañeda e, em nome de toda a equipe, dou as boas-vindas a bordo do Jetzt 1704. O Comandante Timóteo e eu temos o prazer de recebê-los para o voo 2112, com destino à Lembranças de Infância. Solicitamos a sua atenção para os procedimentos de segurança que serão exibidos neste momento. O encosto de seu leito deverá permanecer na posição horizontal durante todo o voo. Os passageiros que desejarem utilizar a saída de emergência deverão solicitar auxílio mentalmente através de chamada a esta comissária. Em caso de uma inesperada catalepsia projetiva de longa duração, nossos comissários estão aptos a atendê-los, de acordo com as normas da ANPA. Tenham todos uma excelente viagem!".

E assim as luzes esmaecem e as máquinas iniciam os procedimentos, tudo igual a todas as vezes, de novo e de novo e de novo. Cada memorionauta recebe sua dosagem de sedativos, injetados num processo automatizado nas baias, enquanto Timóteo, na cabine, finaliza os últimos ajustes de personalização da experiência nos computadores de bordo. De certa maneira, os passageiros parecem bebês em incubadoras agora, entregues aos nossos simuladores e prontos para reviver suas memórias.

Ao contrário dos jovens, que rendem bilhões às empresas de simuladores de realidade alternativa, os passageiros da Jetzt são uma espécie em extinção: eles ainda buscam lembrar, lembrar indefinidamente. Voltam à infância, a um abraço no colo da mãe, à cumplicidade dos primeiros amigos da escola ou aos esconderijos nas brincadeiras com os irmãos. Retornam a esses momentos e pedem que passem muito devagar, que nossos sistemas expandam a sensação de tempo, que os purifiquem, e ficam nessa memória da memória por sessenta minutos ao custo de quantias cada vez mais módicas. Meu trabalho é atentar para o conforto e segurança da viagem, entrando com eles em seus passados e oferecendo toda a assistência em momentos delicados, seja no aspecto físico ou psicológico. Sou como uma extra num grande plano, impossível de ser identificada ou sentida, a menos que solicitem uma mudança em minha marcação de cena.

"É uma geração de crentes", resumiu Timóteo logo quando começamos juntos na empresa, ainda lembro, do outro lado da sala, com o olhar. "Acreditam que estão em contato com alguma forma de realidade objetiva, que voltam no tempo".

"Nunca enxergam as lacunas da memória", concordei na época. "Veja só a viagem do 009. Ele não percebe que a mãe não tem pés. O rosto dela não é tridimensional porque essa imagem dela é de uma fotografia".

"A traição das imagens".

"Embala-se no colo de uma aberração", continuei. "O quarto só existe até os limites da composição. No fim das contas, sabe-se lá se é uma lembrança de algo real ou a confusão de uma mente senil".

Hoje enxergo os grupos de idosos e sinto que ainda conservam uma doçura antiquada, com suas tatuagens bobas nos braços e histórias de heroínas mágicas do tempo da Praga. Por isso lembram. Querem voltar às próprias ruínas e acreditam que estão com os pés na realidade aqui. São como crianças, e não cínicos como os jovens, para quem a memória é não apenas dispensável como desprezível. Foda-se o futuro, esse é o seu lema. Em máquinas de simulação cada vez mais brutalizadas, afundam-se em suas cápsulas, assistidos por inteligências artificiais que lhes permitem uma gama infindável de simulações. Tornam-se astros da música, pedófilos, o que quer que lhes dê na telha e registram seus feitos na Grande Rede, em busca de influência e dinheiro, dia após dia, noite após noite, como zumbis. Se são gordos, lá dentro ficam magros. Se não magros, querem ser plantas ou, por vezes, sequer seres sencientes. Odeiam o que quer que captem pelos próprios sentidos sem estarem ligados a uma máquina. Já os velhos sequer solicitam que as viagens sejam gravadas, mesmo com o serviço oferecido gratuitamente. É como se sonhassem, só que liga e desliga.

"Eles não notam, nunca notam", completa Timóteo agora, orgulhoso de nosso voo atual, mais uma vez enviando sua voz pelo arremedo de telepatia que as máquinas nos proporcionam. "É bonito, não?".

"É mórbido", respondo. "Parecem todos mortos. São tão velhos".

Timóteo se vangloria por pilotar as simulações da Jetzt de forma a construir preenchimentos personalizados para as falhas da memória selecionada com uma aparência bastante orgânica. Devido à natureza sensível de consumo das viagens, ele ainda não pode ser substituído por uma inteligência artificial com sucesso, ao passo que a minha função, essa sim já é exercida por robôs em outros países distantes de Madnaus. Aqui, os velhinhos gostam de saber que alguém de carne e osso está ao seu lado, fazendo todas as verificações adicionais necessárias para um voo tranquilo.

"Pronto", decreta Timóteo. "Eles chegaram na altitude correta. Vamos começar?".

"Sim".

E iniciamos nossa rota paralela. Enquanto Timóteo garante a solidez da viagem de nossos memorionautas, vasculho outros cômodos, não na Jetzt, mas através dela, fundo na mente de nossos passageiros. Coleto senhas institucionais, dados bancários e materiais de chantagem diversos de alguns deles, sempre um seleto grupo dentro do grupo, algo difícil de rastrear, eu diria impossível, uma vez que não é uma máquina que invade esses cantos chave, mas dedos muito delicados numa agradável massagem.

O 006, por exemplo. Aposentadoria polpuda, empreendimentos na área naval em nome da esposa, uma casa secreta nas Keys onde passa uma temporada com amante e filho Danny de sete anos sob o pretexto de cuidar dos negócios com um parceiro em Nueva Flórida. Vejo a tudo como flashes, e ao mesmo tempo, como o cinema, mas no fundo é apenas uma sensação: isso acontece, isso aconteceu. Encontrar as informações certas é como bater carteiras, no fim das contas. Por vezes, atento a detalhes que são como clipes ou papeis de bombons nos bolsos dessas lembranças, apenas pelo romantismo da situação. Quando termino, Timóteo recebe o relatório de nossa pequena ação terrorista. E, até o fim do dia, a conta bancária do 006 estará limpa.

Continuemos. A 003, nossa próxima vítima, não oferta tantas possibilidades, mas eu só descubro quando mergulho. Ela me faz lembrar que um dia de trabalho é sempre um dia de trabalho. Seus tesouros consistem no carrinho verde do filho, falecido há 8 anos fazendo vruuuum! no pátio da escola antes de voltar para casa, ou o seguro de vida que mantém escondido do marido até hoje, confidenciado apenas para a filha mais nova. Seus pequenos dramas e traumas inconclusivos encapsulados num raio. Eu poderia criar uma tempestade, azucrinar esse voo. Cinco ou quatro comandos mal executados e um dano cerebral permanente. O fim da 003. Mas passo para o próximo passageiro e depois outro e outro, até o décimo segundo. Sinto o sono de alguém que não sou eu.

Dias depois, encaro o horizonte sob o luar. Encaro algo que parecem ondas, mas não; o banzeiro espuma branco na extensão da areia da praia cada vez menor. Lá longe, a cheia já consumiu a paisagem, e árvores e pernas de palafitas foram engolidas por sua sede descomunal. Um oceano parece nos separar de Madnaus, cujas luzes engolem a outra margem. Sentados à mesa de jantar de um jungle hotel, eu e Timóteo ardemos do sol de mais cedo. Uma chance de viver, uma chance de encontrar uma saída.

"É o que Graeber gostaria", diz Timóteo.

"À libertação!", e brindamos com gim tônica em taças estilizadas que suam e escorregam nos dedos. O garçom traz nosso tambaqui ao molho de cupuaçu e ervas, e o aroma cria sua própria rota através do Rio Negro. O crime compensa.

* * *

Três e quinze da manhã, quinta-feira. Desligo os equipamentos e retiro o capacete da cabeça. Os delírios cotidianos da Srta. Castañeda continuam na próxima simulação. Abro o micro-ondas com cuidado, para que mamãe não acorde e me ralhe. Lá dentro há um rastro de molhos e casquinhas de pizza que geram uma versão do quadro de um tal de Pollock, que vi na aula da Artes semana passada. Opto por engolir folhas do salame fatiado da geladeira. Da janela da cozinha ainda fechada, vejo entre as cortinas uma nuvem maciça de fuligem e poluição sobre a Madnaus em arritmia, que some e reaparece conforme o vento irritante do refrigerador. Meus dedos estão salgados. Tenho nojo. Daqui a algumas horas, tenho que ir pro estágio.

Dioniso dança o shoegaze

É de cortesia. Foi o que o Pastor disse à Lindie quando entregou a ela dois pequenos frascos. Sob as luzes do Caverna, o conteúdo gasoso e ao mesmo tempo translúcido tornava-se multicolorido, e cada cor revelava os diferentes cenários do clube: o laranja, por exemplo, exibia meia dúzia de corpos, dentre homens e mulheres, enrolados como cobras que trocam de pele, sob uma ampla mesa num centro do salão; o roxo nos cantos era mais eclético: entregava algumas mesas de intelectuais mendicantes, trisais em crise e magnatas que insistiam em trazer suas ovelhas elétricas de casa, o que era terminantemente proibido.

O único foco de rosa apontava para a entrada onde estava Lindie. Sozinha, de novo. Sozinha, como sempre. Essa luz vinha de um neon em cima da porta, no qual se lia: *Madnaus — aqui fazemos as coisas diferente*. É a minha cor, a minha cidade, ela pensou, jogando os longos cabelos rosa para o lado e ajeitando os elásticos que prendiam suas meias sete oitavos rasgadas no lugar, enquanto analisava onde aportar com seus frascos. Nos alto falantes, a baixista das Pitonisas garantia que a afinação do instrumento em ré fizesse os vidrinhos vibrarem na mão de Lindie a cada nota, enquanto a bateria eletrônica lhe ditava o ritmo. A boa Cooper, pensava Lindie, acenando à amiga de leve com a cabeça. A banda foi então engolida por um verde profundo e hipnótico, embalado numa antiga canção:

Dioniso dança o shoegaze
e as tochas que rumam a Delfos arruínam o céu.
Se Apolo vai, eu não sei
mas esse fogo aqui dentro só pode ser meu!

E o longo uivo das Pitonisas abria espaço para Wira e seu solo de guitarra. As estrelas e candelabros desenhados no corpo do instrumento num dourado berrante combinavam com as tatuagens tradicionais nos braços de Lindie, uma homenagem aos seus antepassados, agora alçados ao status de lendas de um tempo distante. Após o Grande Expurgo, a obsessão por tudo que remetia ao mundo antes da Praga fazia com que as pessoas esquecessem daquelas mulheres que exterminavam homens maus noite afora, mas meninas como Lindie e as Pitonisas tinham orgulho do choque que geravam ao lembrar de onde vinham suas peles morenas, seus olhos miúdos, seus seios meio murchos e cabelos muito lisos e grossos. Porque quando você lembra, você mantém viva uma flor cheia de espinhos dentro de si, viva, uma flor que só o passado podia nutrir. E por isso elas também tem flores tatuadas, várias, por todo o corpo.

E é por isso também que, além dos traços verdes como lodo nas tatuagens e das meias sete oitavos, uma única peça de roupa cobria o corpo de Lindie: seu sobretudo de plástico incolor. No bolso, à vista de todos, pendia seu Manipulator, um modelo já antiquado, mas que ela economizara meses para adquirir. Hoje seria sua grande estreia. Para que a vissem bem. Para provar que estava viva. Porque Madnaus sempre foi sobre não pensar no dia seguinte.

Quando as luzes se tornaram cada vez mais epilépticas, e o solo de Wira cada vez mais apoteótico, Lindie seguiu para a beira do palco. A maioria das pessoas já estava em avançado estado de cópula ou algum tipo de decomposição. Era difícil definir, mas pelo movimento das formas, algo ali a fazia pensar em vermes e na total aniquilação da raça humana. Mas é para não pensar nessas coisas que existe o Manipulator, Lindie concluiu, tirando-o das profundezas do bolso e enfiando o pequeno plug rosa no rabo, já com o nariz na altura do palco.

Foi quando ela lembrou dos frascos na outra mão. Lindie levantou um deles ainda mais uma vez, de forma que Cooper foi atingida em cheio por um dos raios de luz verde refletido no vidrinho. A garota esquelética olhou nos olhos da amiga na plateia, procurando-os entre sua longa franja negra, e lhe lançou um joinha, seguido por uma rajada de gelo seco direto na cara de Lindie, bem na hora em que ela aproximava o frasco aberto das narinas.

O susto fez Lindie inspirar não apenas o que quer que existisse dentro do vidro, mas também o gelo, doce e frio. De pronto, ela foi empalada por uma paz absoluta, atravessada pelo sentimento das narinas ao cu. As ondas emitidas pelo Manipulator eram sentidas até nas unhas, como flechas saindo da joia rosa que pendia para fora do plug. A mistura inusitada do gelo com o conteúdo do frasco apenas intensificava seu prazer, e a orgia ao seu redor já não emitia som ou movimento. As Pitonisas então calaram seus instrumentos. No lugar do baixo de Cooper afinado em ré e dos riffs demoníacos de Wira, o duo apenas tirou seus mantos negros, deixando-os escorrer para o chão, enquanto cantavam em uníssono:

Sexo é sempre o lugar
pra onde as mulheres vão
quando querem ficar
sozinhas na escuridão.

O último verso pulsou fundo no gozo de Lindie. Mas ao invés da explosão de praxe, o Manipulator a levou para o Lugar Todo Branco. Nada existia ao seu redor até onde a vista alcançava, apenas uma pia de mármore branco com água corrente e um trono ornado por lírios também brancos. Com cuidado, Lindie retirou o plug anal e o higienizou na pia, sentando-se em seguida. Ao sentar-se, imagens de seu passado e futuro correram diante dos olhos, enquanto ainda sentia as paredes alargadas de seu cu: nascimento, primeiros passos, a morte da mãe, as brigas com Blixa na temporada em Neoitapiranga, a volta para Madnaus e, depois, longos anos turvos, que começavam em algum momento no Caverna e lhe escapavam das retinas quanto mais tentava focar neles e quanto mais sua anatomia voltava ao normal. O futuro. É com isso que ele se parece.

Havia uma mulher, é certo. Uma mulher de cabelos muito longos e muito brancos, usando uma túnica prata e os mesmos coturnos que Lindie usava agora, pretos e brilhantes. Mas nos pés de Patti, a mulher, eles estavam opacos e com uma sola diferente, vermelha. De fato, nada tinham a ver com os coturnos de Lindie. Ela simplesmente sentia que eram os mesmos, assim como sentia que o anel no indicador de Patti, com três pérolas e um brilhante sobre um oito de prata, era igual ao que Lindie trazia em sua própria mão agora enrugada, embora não a visse.

"Uma promessa, decerto!", disse Patti repentinamente, sentada aos pés de Lindie no Lugar Todo Branco.

Então, Patti passou a mão pelo branco e abriu uma visão dentro de outra, como se folheasse um catálogo de produtos incríveis, porém, rápido demais para que se pudesse ver o que eram exatamente. Com esse movimento, Lindie conseguia admirar os braços elegantes de Patti, cobertos por tatuagens iguais às suas, e a dignidade de sua velhice, o que a tornavam mais bonita do que se fosse jovem.

Essas visões do Lugar Todo Branco pareciam próximas e distantes ao mesmo tempo, e as sensações geradas acabavam desconexas em relação ao que se via. Lindie conseguiu, no máximo, sentir as bochechas de Patti esquentando sob o sol na varanda de uma palafita na Colônia do Livramento. As tábuas muito firmes sob os pés, os pregos muito fundos. As escaminhas de pacu acumulando do lado da vassoura de piaçava antes de serem levadas de volta pro rio pelo vento.

"Isso é o futuro?", perguntou Lindie, com dificuldade. "Ou é o passado?".

"É algo apenas se você acredita no tempo, benzinho", rebateu Patti, rindo.

Ela então avançou até Lindie, envolvendo-a por um abraço quente como o Caverna, o ar pesando cada vez mais. O beijo que ela deixou em seus lábios fez Lindie pensar, pela primeira vez, que existe futuro sim em Madnaus. Que ela queria lembrar do futuro.

"Como te encontro?", Lindie sussurrou. Era muito difícil articular as palavras no Lugar Todo Branco.

Com um sorriso, Patti apenas se levantou, aproximou as mãos em concha do ouvido de Lindie e disse algo. Mas tudo que ela conseguiu ouvir foi o cântico das Pitonisas invadindo o local com muita suavidade, e já não tinha mais certeza se ele vinha de dentro ou de fora de si mesma:

(Lindie, oh, Lindie)
Você precisa entender que o futuro
(Lindie, oh, Lindie)
é um bailado contínuo no escuro

O futuro virava um túnel negro, cujas paredes moles e musculosas se fechavam lentamente. Num movimento peristáltico, fragmentos de sua vida com Patti eram levados pela descarga e se juntavam a outros fragmentos de uma vida não vivida. E pronto. Lindie estava de volta, estirada no chão do Caverna.

"Lindie, caralho, que porra que tu tomou?". Wira, dobrada sobre uma barriga de sete meses, levantou a amiga do chão. Já Cooper tratou de improvisar uma trilha sonora para o resto da orgia. A guitarrista então notou o Manipulator, apanhou-o e passou a mão de leve, para tirar a poeira.

"Ah, não sabia que você tava nessa. E aí, o que cê viu?"

"Como assim o que foi que eu vi?", Lindie retrucou, atordoada pela precisão da pergunta e pela sua eloquência reestabelecida. Seu corpo todo tremia, e os lábios e pontas dos dedos despontavam de um azul cadavérico. A agitação também a deixava alerta, de maneira a conseguir escapar de um jato de porra que por pouco não lhe atingiu o ombro.

"Lindie, oh, Lindie", Wira riu, levantando a amiga e devolvendo o Manipulator. "Tu não foi a primeira e certamente não vai ser a última a misturar o Manipulator com *otras cositas más* aqui no Cavernoso. Cuidado, que aquele lugar branco é perigoso, viu? Deixa a cabeça cheia de ideias malucas. Do jeito que o povo gosta, que delícia, cruz credo!".

"Eu preciso voltar!", ela respondeu, cada vez mais agitada, os olhos tentando saltar das órbitas. Flashes brancos pulam sobre seus cabelos rosa ao ritmo da música. "Eu não ouvi, Wira. Eu não ouvi o que ela disse".

E lágrimas verdes desceram por seu rosto.

"Não é que tu não ouviu, parente", explicou Wira, afagando a barriga após quase tropeçar em dois rapazes unidos por um fisting. "É que o futuro tá sempre em movimento, coisa e tal".

"Eu preciso voltar!", Lindie respondeu, sempre mais agitada que o segundo anterior, apalpando os bolsos do sobretudo de plástico enquanto tenta se livrar dos braços de Wira. Tudo que lhe interessa agora é encontrar o segundo frasco na altura do coração para mais uma viagem. "Eu acredito no futuro, ouviu? Eu acredito no futuro, porra!".

"Isso é uma puta ideia errada", decretou Wira, segurando Lindie ainda mais firme. "Uma puta ideia errada mesmo!".

E o mover dos dedos de Wira bastaram para que dois seguranças corpulentos surgissem do meio da massa dionisíaca, circundando Lindie. Ao longe, o Pastor abordava outra menina, tão ou mais nova que Lindie, na porta de entrada, sob a luz rosa. É de cortesia, ele dizia, entregando-lhe frascos translúcidos.

"Não! Não!", Lindie gritava, já em pé na beira do palco novamente, empurrando o Manipulator com força para dentro do cu mais uma vez e levando ao rosto o segundo frasco partido no meio, esperando a próxima rajada de gelo seco.

"Foda-se. O show tem que continuar, crianças!", e Wira deu as costas, subindo ao palco com a desenvoltura de uma gata prenha num muro.

Lindie e sua força descomunal recém descoberta fixaram as garras na borda do palco. Os homens tentaram removê-la, sem sucesso, e é como se quanto mais a puxassem, mais a força deles fosse absorvida por ela. E assim, no último esforço de seu ataque, Lindie partiu o vidro ao meio e enfiou a cara no gelo seco, abandonando-se ao ímpeto dos homens.

"Isso aqui é Madnaus. Fazemos as coisas diferente aqui", ela murmurou, resoluta.

O que aconteceu depois disso, é difícil dizer. Alguns dizem que Lindie encontrou, no limiar do Lugar Todo Branco, a resposta que procurava antes de morrer. Outros, que seu ataque orgástico desencadeou ondas de visões proféticas em todos os presentes. Há, ainda, quem acredita que a médica que lhe prestou os primeiros socorros, a qual estava por acaso no Caverna naquela noite, tinha cabelos muito longos e muito brancos, uma túnica prata e tatuagens nos braços, e que o tempo todo sussurrava segredos em seu ouvido para mantê-la lúcida. A impressão era de que enquanto Lindie buscava o futuro na névoa verde, o tempo parou.

Manual do verdadeiro artista

Apresentação:

LEIA ATENTAMENTE ESTE MANUAL ANTES DE UTILIZAR ESTE EQUIPAMENTO. GUARDE ESTE MANUAL PARA CONSULTA E REFERÊNCIA FUTURA.

Instruções de montagem:

1. Sente-se numa mesa da calçada do bar. Qualquer uma.
2. Faça contato visual com um garçom.
3. Erga o dedo indicador enquanto o encara. Ao mesmo tempo, com o outro indicador, aponte para a garrafa vazia de Original que está na mesa. Ele vai entender o recado.
4. Tire um cigarro da carteira e abra um livro enquanto espera seus amigos, pois além de você se distrair e não ver os minutos passarem, você ainda se mostra inacessível.

5. O garçom traz a sua Original, leva o casco vazio do cliente anterior e passa um pano tão úmido quanto imundo na mesa.
6. Após o primeiro gole descer pela garganta num frio dolorido, abra uma página aleatória do livro. Aproveite bem esse momento; ele é só seu e durará muito pouco.
7. Eles me disseram que nossos deuses sobreviveriam a nós. Eles mentiram. É o que fala o livro.
8. Concentre-se até encontrar o ponto ideal para apoiar as páginas abertas com uma só mão enquanto bebe devagarzinho a cerveja, que começa a esquentar no calor de outubro.
9. Boa tarde, desculpa incomodar, diz um homem em pé ao seu lado, totalmente dentro do seu espaço de paz e segurança, a ponto de roçar no livro. Ele é moreno, suado, e no fundo tem mais rugas do que gostaria de admitir.
10. Pense rápido. Você não quer que o seu livro versão capa dura de uma editora independente comprado em São Paulo na sua única viagem para fora da província caia nas calabresas esquecidas pelos cachorros na beira da calçada. Esprema-o entre o indicador e o polegar como se sua vida dependesse disso. No fundo, você é mais esnobe do que gostaria de admitir.

11. É que eu estou vendendo essas edições do meu novo fanzine, "Meu canto sujo em versos e outros poemas". Esse título parece promissor, hein, campeão, você pensa, olhando para as A4 grampeadas e as manchas da copiadora na gravura de capa, composta por:
    a) um cu prolapsado
    b) uma papoula-dormideira
    c) um charuto Montecristo
12. É um lançamento exclusivo. Aposto que é, você pensa, enquanto ele joga uns 30 volumes em cima da mesa, faz contato visual com o garçom e levanta o dedo indicador. Você sabe o que isso quer dizer.
13. É um trabalho único, que mostra a verdadeira face da marginalidade em Manaus! Coisa assim, ninguém nunca viu. Já com o copo entregue pelo garçom, ele segura sua garrafa de cerveja e se serve.

Recomendações de segurança:

14. As editoras não estão prontas para uma obra de arte crua sobre o nosso submundo, diz o poeta. Aposto que não, você pensa, segurando firme a bolsa para o caso de aquilo não passar de um assalto bem elaborado.
15. E porque eu não vou te oferecer um produto sem que você saiba como ele é bom, eu vou agora ler um trecho.

16. Oh, não, oh, não!
17. Encolha-se na cadeira o máximo possível, enquanto ele sobe na outra cadeira da sua mesa. Encolha-se ao ponto da implosão. O grito como que de um animal anuncia os versos:

Plebeus! Plebeus! Parem as máquinas!
A prostituta urra pelo cu desgovernado
lambendo a porra da burguesia
na macarronada.
Parem as máquinas!

[Etc., etc., etc., e por aí vai. Seus dois amigos, os que a chamaram para aquele ótimo recinto e se atrasaram, finalmente chegam. Bêbados já. Como os grandes filhos da puta que são. Os versos se misturam ao som abafado de algo que lembra Californication saindo de uma caixa JBL que há muito perdeu a garantia. Seus amigos gritam um tchau, Lourenço, cinco estrelas, desculpa qualquer coisa para o motorista do Uber, olham para cima — para o poeta —, que sua em bicas já com a Original em mãos, tomando goles generosos direto da garrafa entre um verso e outro. Em seguida, olham para a sua cara vermelha e tentam conter as gargalhadas. Uma placa sólida de cinzas pende grande da ponta do seu cigarro.]

Manutenção:

18. Prepare-se. Após longos minutos de declamação a todos os passantes na rua e clientes do bar, o aperitivo do canto sujo em versos e outros poemas finalmente termina. Nessa altura do campeonato, seus amigos já puxaram suas cadeiras plásticas e um deles tem a brilhante ideia.
19. Senta aí com a gente, poeta!, ele diz. Oh, Deus.
20. Fique entediada. O poeta distribui seus fanzines para o trio na mesa, apesar de já ter lhe entregado um volume anteriormente. Moedas e notas de cinco emergem de todos os lados, o que significa que ele pode nunca mais partir dali.
21. Fique em silêncio. Não que haja uma opção além dessa, posto que o poeta agora engole a todos na mesa com uma verborragia ininterrupta que, como denuncia uma das narinas, é movida a pó. Serão as horas mais longas da sua vida.
22. Fique puta. Um de seus amigos solta, em dado momento: ela também é poeta, e aponta para você. Ela tem até um livro! Ele abre uma aba no navegador do celular para mostrar seu último escrito numa revista literária online.
23. O poeta olha para a tela com um ar inquisidor. Tira da mochila Karga desbotada um par de óculos riscados e põe-se a ler o poema, murmurando

baixinho palavra por palavra. Um cachorro caramelo senta-se ao lado e tenta entender o que o poeta balbucia.

24. É de mulher, né?, ele diz ao finalizar a leitura, num tom de quem diz tem gosto de merda, ou peidos têm esse cheiro, ou ainda pombos comeriam isso. É um poema sobre mutilação genital feminina no Oriente Médio.
25. Aceite. A maioria dos homens leem com o pau.

GARANTIA:

26. Aceite. Seus 5 reais, dados em troca de um fanzine que você nunca tirará do plástico na esperança de fazê-lo ir embora, jamais retornarão.
27. Aceite. Está muito cedo, mas está ficando tarde.
28. Levante-se. Enquanto seus amigos estiverem comandados pela generosidade impulsionada pela bebida, o poeta não irá embora. Os incomodados que se retirem.
29. O verdadeiro artista: capaz, praticante, habilidoso / Tira tudo de seu coração / Trabalha com deleite, faz tudo com calma, com sagacidade / Trabalha como um verdadeiro tolteca, compõe seus objetos, etc. etc. etc.... é o que fala outra página avulsa do livro que você não chegou a ler no bar, e que agora estraga lentamente sua córnea no balanço do 608 à caminho de casa.

Agradecimentos

Este livro não seria possível sem primeiras leituras iniciais implacáveis que ajudaram a moldá-lo, seja pela obediência ou pela subversão do que era recomendado.

Agradeço ao Daniel Amorim, sem o qual eu não teria descoberto a vontade de escrever prosa. Seu talento, disciplina e generosidade foram ingredientes essenciais para a poção mágica que fez brotar, de um par de contos, este livro;

ao Ronaldo Bressane, que passou uma pandemia enclausurado no Zoom, instigando e refinando cada texto, no ponto de equilíbrio entre a magia e o trabalho braçal. Obrigada por comprar minhas loucuras e ajudar na publicação;

aos olhos de lince de Ale Alko, Alice Zocchio, Américo Paim, Bruno Vicentini, Camila Assad, Ian Perlungieri, Michelli Provensi, Pérola Mathias, Roberta D'Albuquerque, Silvia Argenta, Victor Toscano e muitos outros que dissecaram tantos desses textos, das melhorias obrigatórias aos erros de digitação.

Este livro foi composto em Minion Pro
e impresso em papel pólen natural 80g/m²,
em fevereiro de 2024.